「……母体は、あれか……」
一閃。
僕は巨大蜘蛛の
右側にある脚を一気に四本切
こうなってしまえば、
バランスを保てずに倒れる。

ソフィア
明るく人懐っこい性格の
Bランク対魔師。
洞察力は一級品。
ユリア
魔境「黄昏の地」で
2年間生き抜いた「黄昏人」。
元は落ちこぼれだったが、
黄昏の地で異端の魔力を
身に着ける。

エイラ
Sランク対魔師。
小柄だがユリアたちの先輩。
子ども扱いされると怒る。
シェリー
エリート対魔師を養成する
「対魔学院」の生徒で、
ユリアのクラスメイト。
Aランク対魔師で、
抜群の実力と容姿の美しさで
お姫さま扱いをされている。
リアーヌ
王女
王族で最も美しいと噂される第三王女。
国民の憧れだが、
非常に高い魔力も持つ。

「え……」
「あ……」
そこにいたのは、シェリーだった。
しかも……裸の。

追放された落ちこぼれ、辺境で生き抜いてSランク対魔師に成り上がる 1

御子柴奈々

HJ文庫
899

口絵・本文イラスト　岩本ゼロゴ

目次

プロローグ　追放の時

僕《ぼく》はただ、誰《だれ》かを助けられる人になりたかった。この世界を守るために戦った偉大《いだい》な父のように。英雄《えいゆう》になりたいわけではなかった。ただ……誰かを守れるような人間になりたかっただけなのに……。

「おいッ！　ユリアッ！　お前が敵を引きつけろッ！」

「で、でも数が多いよッ！」

「いいからお前がやるんだよ！　このままだと俺《おれ》たちは全滅《ぜんめつ》だッ！」

「う……うん」

僕たちは結界都市の外で魔物狩《まものが》りをしていた。でもこんな森の奥《おく》まで来る必要はなかった。でもリーダーであるダンが、ここまで来ようと提案したのでやって来たのだ。

「よし、二人とも……ユリアを置いて逃《に》げよう」

「いいの？　死ぬんじゃないの？」

「私も、死ぬのはかわいそうだと思うけど……」

「いいだろう、別に。あいつには親もいねぇし、心配する奴《やつ》なんていねぇよ。それに、あいつは弱すぎる。いてもいなくても、同じさ。むしろ、黄昏《たそがれ》に連れて来てやったことを感謝して欲《ほ》しいくらいだ。それに、また代わりを見つければいい。劣等生《れっとうせい》のあいつをここまで連れて来たんだ。それだけでも十分だろう」

「そうね」

「うん……ま、仕方ないよね」

そんな声が聞こえた気がした。いや、きっと気のせいだろう。僕にこの場を任せてくれたのだ。ならば、しっかりと義務を果たすべきだ。

でもみんなが戻《もど》ってくることはなかった。

◇

第一章　黄昏の世界

ピピピ、という音が室内に響《ひび》き渡《わた》る。

「う……ううぅ……眠《ねむ》い」

早朝。僕はいつも通り起きると、いそいそと準備を始める。窓を開けると、空には黄昏が広がっている。そう、この世界は黄昏に支配されている。

百五十年前に人類は魔族《まぞく》に敗北し、局地に追いやられた。そこで結界都市を築いて、魔族へ対抗《たいこう》するために対魔師《たいまし》を育成している。いつかこの空に光を取《と》り戻すために。

現在世界には七つの結界都市があり、僕は第三結界都市で暮らしている。

結界都市は大陸の西にあり、それが縦に並ぶようにして存在している。最北には第七結界都市があり、最南端には第一結界都市がある。その中でも第一結界都市は一番重要な場所で、この各都市の結界を構築している聖域が王城にあると言われている。ちなみに、王城は第一結界都市にしかない。

また、各都市にはとある組織がある。

対魔学院は育成機関、対魔軍は文字通り育成した対魔師を実際に使う場である。僕はその対魔師育成のための学院に通っているのだ。

対魔学院は六年制で、僕は今二年生。まだまだ弱いけれど、いつか父のような立派な対魔師になりたいと思っている。

「行ってくるよ、お父さん。お母さん」

父は対魔師として魔族と戦い、幼い頃《ころ》に死んでしまった。母もほぼ同じ時期に病気で他界。でも、寂《さび》しくはなかった。だって僕には、対魔師になるという立派な使命があるのだから。

「じゃ、行って来ます」

二人の写っている写真に挨拶《あいさつ》をして、僕は家を出て行った。

学院に向かう。すでに二年生になって二週間が経《た》った。今は学院で実戦の授業も始まっているので、かなり緊張《きんちょう》している。外の世界に行くのは、本当に危険なことだ。外に出れば魔物《まもの》が多くいて、普通《ふつう》の人ならば瞬《また》く間《ま》に殺されてしまう。

初めて結界都市を出た時は、その黄昏に圧倒《あっとう》された。でもパーティメンバーと力を合わせて、指定された魔物を狩《か》ることができた。

なんだ、意外に簡単じゃないか。それが僕とみんなの感想だった。今日も外に狩りに行く。リーダーのダンが正式に許可を取って来たというので、全員で行くことにしたのだ。

大丈夫《だいじょうぶ》、僕たちならきっとやれる……そう、そう思っていた。

「おっす、ユリア！　今日は頼《たの》むぜ！」

「うん、わかったよ！」

僕たちは放課後、外に来ていた。ここに来るのは二度目だ。外の世界は都市の中よりも黄昏が濃《こ》いみたいでその赤黒い光に圧倒される。といっても、別に人体に影響《えいきょう》はないので大丈夫だ。

「ユリアってば、ちゃんと回復よろしくね？」

「そうよ、ユリアが頼《たよ》りなんだから！」

リーダーのダンとサブリーダーのレオナが前衛。その後ろで遊撃《ゆうげき》をするのが、ノーラ。そして、ユリアこと僕は後方で魔法《まほう》による支援《しえん》だ。攻撃魔法《こうげきまほう》は得意ではないけれど、治癒《ちゆ》魔法《まほう》は得意なので僕はパーティの中でも頼りにされている。

「ねぇ、ダン。こんな森の奥まで来て大丈夫なの？」

「あぁ。俺たちならやれるさ」

ダンは歩みを止めることなく、どんどん進んで行く。レオナとノーラもそれに続いて行く。僕だけが不安なのだろうか？　でも、みんなはしっかりとした足取りで進んでいる。

うん。僕もしっかりしないと……。

そして僕たちは魔物と遭遇《そうぐう》することになった。

「……みろ、ホワイトウルフだ」

「そうね……」

そこにいたのはホワイトウルフの群れだった。元は寒冷地方にいた魔物だが、黄昏に覆《おお》われてから魔物は急激に強くなり、どこにでも現れるようになった。

「行くぞッ！」

「うん……！」

僕たちは戦い始めた。大丈夫やれるさ。きっと、大丈夫。でもそれはただの希望的観測に過ぎないことを僕は後に知ることになる。

「はぁ……はぁ……はぁ……」

「ちょっと、数が多いわね……」

「どうするの！」

そしてダンの指示で、僕は前線を維持《いじ》することになった。みんなは助けを呼びにいってくれるらしい。治癒魔法も使える僕なら、長く持ちこたえることができる。任せたぞ、と言われた僕は嬉《うれ》しかった。今まではどのパーティにいても邪険《じゃけん》にされるだけだった。でも、今は違《ちが》う。みんなと力を合わせて、戦えるんだ。

「はぁ……はぁ……はぁ……」

みんなはまだなの？　僕がここで足止めをしてすでに一時間は経ったと思う。でも誰もこない。おかしい。そろそろ来てもおかしくはないと思うのに……。

僕はすでにボロボロだった。身体中《からだじゅう》に切り傷があり、治癒魔法を使っても血を止めるので精一杯《せいいっぱい》。それに魔力《まりょく》も尽《つ》きそうだった。

それでも戦わなくちゃ。だって、僕は任されたのだから……。

「これで……終わりだ……」

やっと最後のホワイトウルフを倒《たお》した。何とか、僕一人でも倒すことができた。といっても治癒魔法を無理やり使って、戦い続けただけ。僕が強いというわけではない。

「も、戻ろう……」

フラフラとした足取りで僕は前に進む。でも、何か違和感《いわかん》を覚えた。

「結界が張られている？　それにここは？」

そう。

なぜか結界が張られていて、出ることができない。確か、結界の魔法はレオナが得意としていたはずだけど、一体……。

　そして僕は森の中を彷徨《さまよ》い続けた。歩いて、歩いて、歩き続けた。でも、外に出られない。むしろ、森の深みにさらに嵌《はま》っていくようだった。

「う……目眩《めまい》が……」

　魔力の使いすぎで、僕は欠乏症《けつぼうしょう》を起こしていた。それに血も足りない。傷を塞《ふさ》いだだけで、抜《ぬ》け落《お》ちた血は取り戻せないのだ。

　そして僕は近くに水場を見つけて、そこで一旦《いったん》休むことにした。その時にやっと冷静になって来て、あの時の言葉を思い出していた。ヒソヒソと話している言葉。あの時は戦闘《せんとう》の興奮のせいで、聞こえないふりをしていたけど……やっぱり思い出すと結論は一つしかなかった。

「よし、二人とも……ユリアを置いて逃げよう」

「いいの？　死ぬんじゃないの？」

「私も、死ぬのはかわいそうだと思うけど……」

「いいだろう、別に。あいつは弱すぎる。いてもいなくても、同じさ。また代わりを見つければいい。劣等生のあいつをここまで連れて来たんだ。それだけでも十分だろう」

「そうね」

「うん……ま、仕方ないよね」

そう、みんなは僕を囮《おとり》にして逃げたのだ。それが事実。何よりも、間違《まちが》いない事実だった。僕は学院では最下位の成績で劣等生だった。誰もパーティに入れてくれない。ただの落ちこぼれ。でも、ダンたちは受け入れてくれた……そう思っていた。

けど実際はこうして置き去りにされている。

僕は偉大な父のような人間になりたかった。でもおそらく、もうすぐ死ぬんだと思う。僕に生き残る術《すべ》はない。でも……最後に、どこまで足掻《あが》けるか試《ため》してみたい。

「行くしかないか……」

僕は虚《うつ》ろな目でそう呟《つぶや》くと、そのまま森の奥に進んで行くのだった。

僕は未《いま》だに森をさまよっていた。

すでに結界都市に戻れるという意識はなかった。僕を動かしていたのは、ただ死にたくないという意識だけ。それだけが今の僕の原動力である。

「はぁ……はぁ……はぁ……」

おそらく黄昏の世界の中でも、僕は人類がこの百五十年間踏《ふ》み入る事のなかった場所にいるのだと思う。すでに方向感覚は失われ、ただ必死に進んでいた。そして進むたびに灼《や》けるような黄昏の色が濃くなって行く。

「う……あぁ……あああ……」

呻《うめ》き声《ごえ》をあげる。すでに体は悲鳴をあげていて、僕は進むこともできなくなっていた。

あぁ……これは死ぬだろう。いや、間違いなく死ぬ……。

「あ……」

僕はただ転んだと思っていた。でも、実際は違った。僕は崖《がけ》から落ちていたのだ。

ゴロゴロと転がる体に痛みはなかった。ただ……このまま、楽になりたい。そう願ったのを最後に、僕の意識はなくなった。きっと死ぬということは、寝《ね》てから目が覚めないのと同じだ。ただただ……意識が希薄《きはく》になる。

そんなことを僕は思った。

「う……ここは……」

目が覚めると、僕は川辺にいた。どうやら川に落ちて流され、その途中《とちゆう》にあった流木に引っかかっていたようだ。冷たい水が僕の体を容赦《ようしや》なく冷やすが、何故《なぜ》かまだ僕は生きていた。

「……」

こんな無様を晒《さら》してもまだ生きているのか。そんなことを思いながら、僕は陸に這《は》い上《あ》がるようにして進み……そのまま砂利《じゃり》の上で仰向《あおむ》けになる。そして側《そば》にあった大きな木々に火属性魔法で火を灯《とも》す。魔法とは魔素《まそ》を、イメージを通じて世界に具現化するものだ。

種類は大まかに二つに分けられる。それは四大属性魔法と系統外魔法だ。

四大属性魔法は火、氷、水、雷《かみなり》の四つ。

系統外魔法は、光、闇《やみ》、無属性の三つで、無属性魔法には例えば、回復や身体強化などがある。僕はその中でも四大属性魔法は苦手な方だった。

そして僕は最後の力を振《ふ》り絞《しぼ》って、その火を生み出した。

暖かい火が、僕の冷たい体を癒《いや》してくれる。その時、ふと涙《なみだ》が出て来た。

「う……ううう……うっ……ううううう……」

嗚咽《おえつ》を漏《も》らす。僕は生きていた。人類が長くは生存できないと言われる黄昏の世界で、生きていた。おそらく一日は経過しただろう。それでも僕は生にしがみ付いていた。まだ、死にたくない。死んでもいいと思った。でも、いざ自分が助かるのかもしれないと思うとその安堵《あんど》感《かん》で涙が出て来た。

どうしてこんなことに。僕はただ、誰かのためになりたかった。偉大な父のように。でも、僕は誰かの捨《す》て駒《ごま》になりたいわけではなかった。ダンたちに見捨てられるために、対魔師になったわけではない。そう考えると、僕は自分の胸の奥が黒い感情に支配されるのを感じた。でも今は……そんなことを考えている場合ではない。

生きるために、何をすればいい？

◇

「眩《まぶ》しい……」

ふと空を見ると、真っ赤に灼けるような黄昏の光が広がっていた。いつも結界都市の中からみていた景色が、今は目の前に仰々《ぎょうぎょう》しく広がっている。この世界に朝も昼もない。あるのはただの黄昏と暗闇《くらやみ》のみ。日中は黄昏、そして夜は漆黒《しっこく》の闇。それが魔族により支配されている世界の現在《いま》だ。

「火をもっと……火をつけなきゃ……」

結界都市の学院では、黄昏の世界で取り残されることも踏まえてある程度のサバイバル訓練があった。でもそれはただの知識を伝えられるだけで、実践的《じっせんてき》なものではなかった。それでも、劣等生の僕はなんでも学ぶ必要があると思ってその知識もしっかりと学んで、覚えていた。

そしてそれを踏まえると、まずは火が必要だ。

人間は食料を食べなくても、二週間は大丈夫。それに水も二、三日なら取らなくてもい
い。それに幸い、ここは川の近くで淡水《たんすい》もあるので水のことはいい。問題は魔物に襲《おそ》われ
るということ。魔物は火を恐《おそ》れる。それはきっと本能的なもので、火にはあまり寄ってこ
ない。だから僕は、魔法で火を大きくしていった。
「ごほっ……」
思わず咳《せ》き込むと、口元を押さえた手には血が滲《にじ》んでいた。内臓を負傷しているのかも
しれない。それとも、何かしらの病原菌《びょうげんきん》に侵《おか》されている？　黄昏の世界の知識は僕にはな
い。いや、人類にはほぼないと言っていい。訓練と称《しょう》して外に出るも、それは結界都市の
近くだけだ。ダンのように、あんな森の奥まで行くのが異常なのだ。
「う……う……うぅぅぅ……」
そして再び僕の意識は暗転した。
「……」
痛い。体が痛い。その痛みで再び目が覚めた。その痛みを辿《たど》ると、右腕《みぎうで》に赤黒いヒビの
ようなものが走っていた。
「これは一体……？」
そう考えるも、僕には到底《とうてい》思いつかない。でももうどうだっていい。ここには医者もい

ない。誰もいない。もしこれで死ぬことがあれば、それまでだ。

そして僕はある種開き直りをしたおかげで、少しだけ前向きになっていた。幸運なことに、ここの周囲には魔物がいないようでこの川辺は割と平和だった。でも、そろそろ食料を取る必要がある。もう数日、何も食べていない。水は飲んでいるものの、それでも空腹感というものは否応無《いやおうな》しに襲ってくる。

「行かなきゃ……」

フラフラとしながらも、僕はギラついた目つきをしながら前に進んで行った。

「あれは……」

森の中を進んでいると、そこにはホワイトウルフがいた。おそらくこの森全体がホワイトウルフの縄張《なわば》りになっているのだろう。僕の今の力で倒せるかどうか……そう思うも、この空腹感には抗《あらが》えない。

僕は小さな木の棒を握《にぎ》ると、それを起点にして魔法を発動する。

僕の魔法はただの器用貧乏《きようびんぼう》。そう評されていた。

でも実は一つだけ得意な魔法があった。それは幻影魔法《げんえいまほう》だ。

幻影は相手を騙《だま》す技術。存在しないものを、存在するものとして世界に知覚させるものだ。でもそれは、何の役にも立たない。幻影を生み出したところで、黄昏の世界では無意味。もっと実戦的な技術こそが重要。その考えもあって、僕の評価は学院でも最低だった。

でもなぜか、今の僕ならもっと上手《うま》く工夫《くふう》して使える気がした。生きるか死ぬかの状態だからこそできるのかは分からないが、僕はこの木の棒を一つの剣《けん》として世界を騙す。

僕の幻影魔法は、存在しないものを存在するものとして本当に世界に定着させる。普通は幻影魔法はバレてしまえば、終わりだ。その時点で効力は失われる。

しかし、僕が今回使ったのはただの幻影魔法ではない。幻影を生み出して、さらにそれを世界に固定する。

「……よし」

一見すれば、ただの木の棒。でもこの木の棒の延長線上には、鋭《するど》い刃《やいば》が存在している。見えはしない。でも、そこに存在している。そういう風に、造ったのだ。

「……グウウウウウウッ！」

バッと飛び出した瞬間《しゅんかん》、五匹《ひき》のホワイトウルフがこちらを一瞥《いちべつ》。それと同時に僕を敵とみなして噛《か》み付《つ》こうとしてくる。その速度は流石《さすが》の魔物で、今までの僕なら怖気付《おじけづ》いていたかもしれない。でも今は……こうしないと生きることはできないんだッ！

そして僕の見えない刀は、ホワイトウルフの首を刎《は》ねた。瞬間、利《き》き腕《うで》にあるタトゥーのようなものが赤く発光するが、今はそんなことは気にしていられなかった。

「はあああああッ！」

僕はありったけの雄叫《おたけ》びをあげて、自分を奮い立たせる。そして、僕の見えない刀はすべてのホワイトウルフの首を綺麗《きれい》に刎ねた。

これが始まり。僕が、新しい僕として生きる始まりだった。そして黄昏の世界で長く生活をしていく始まりでもあった。

◇

あれから一年が経過した。一応、黄昏が終わって夜を迎《むか》え、また黄昏になれば一日が経過しているということは分かる。そして今日、目が覚めて見る黄昏はちょうど三六五回目。

一年。

本当にあっという間だった。

僕はあれから色々なところを彷徨った。

そして生きるために魔物を狩り、貪《むさぼ》るようにして食べる。

水は魔法でつなぎ合わせた木々などを組み合わせ、水筒《すいとう》にして持ち歩いている。魔物の肉も保存が利くように燻製《くんせい》にしたりなど、工夫もした。それだけバイタリティがついたに

もかかわらず、僕はどこかに定住することはなかった。

移動し続けた。それはまた結界都市に戻りたいという想《おも》いからだった。また、立派な対魔師を目指したい。それが今の僕の原動力。でも黄昏の世界の構造は一年経っても分からない。どこまでも続く森に、荒野《こうや》。それに地下水路のようなものもあった。そして村の残骸《ざんがい》。人が住んでいたと思われる場所。さらには、言葉を話す魔物もいた。それは厳密には魔物ではなく、魔族の中でもゴブリンと呼ばれるものだが、僕を見るなりいきなり襲いかかってきた。

「ニンゲン、コロセエエエエエ！」

「ぐぎゃ！」

僕は手に持っているナイフを突《つ》き刺《さ》す。と言っても、この場所からゴブリンの脳天には届かない。一年前に使用した幻影魔法。僕はあれを軸《じく》に、魔法を成長させていった。そして、今使っている魔法の固有名称《めいしょう》は不可視《インヴィジブル》だ。それは見えない物体をこの世に定着させるだけでなく、任意で消すこともできる。それをナイフに応用したのが、今使用している不可視刀剣《インヴィジブルブレード》。

そして、僕は襲ってきたゴブリンの群れに立ち向かい、不可視刀剣《インヴィジブルブレード》で次々と首を刎ねていった。

黄昏の濃い場所にいる魔物は、その体に黄昏のオーラを纏《まと》っている。でも僕のこの、不可視刀剣《インヴィジブルブレード》はそれを吸収して、自分の力にすることができる。

また黄昏のオーラを一定量以上吸収すると、この不可視刀剣《インヴィジブルブレード》は赤黒い黄昏色に変化する。

この黄昏で戦闘を重ねれば重ねるほど、この能力は強くなっていくのを僕は感じていた。

それは間違いなく、この剣が黄昏に反応しているからだろう。

それも含《ふく》めて、色々とこの一年でよくわかった。この黄昏の世界は弱肉強食だ。強い者が生き、弱い者が死ぬ。それが絶対のルールだった。僕はこの世界でそれなりに強くなったと思う。でも、上には上がいた。半年前にはドラゴンを目撃《もくげき》したし、十メートルは優に超《こ》える蜘蛛《くも》も目撃した。皆《みな》、僕よりも強いのは間違いなかった。だから戦うことはなかった。ただひっそりとやり過ごし、逃げることに徹《てっ》した。

そしてある程度この世界のルールが分かってきて、僕は自分よりも弱い者には容赦しなくなった。いつかは、自分がこんな風になるのかもしれない。

そう思うと、体が恐怖《きょうふ》で締め付《し》けられるようだった。

未だに、恐怖心はある。

一年生きたからと言って、明日も生きている保証はない。だから、殺した。皆殺《みなごろ》しだ。ここで慈悲《じひ》をかければ、次は自分の番が回ってくるかもしれない。

そんな恐怖心から、僕は殺し続けた。生きるために、そして結界都市に戻るために……。

「ぐぎゃあああがあああッ！」

不可視《インヴィジブル》の壁《かべ》に閉じ込めていたと思ったが、数匹《すうひき》漏《も》れていたらしい。五匹のゴブリンが、短刀を掲《かか》げて襲いかかってくる。

でも、その練度では今の僕を殺すことはできない。

「……フッ」

肺から一気に空気を吐《は》き出《だ》すと、次の瞬間には五匹すべてのゴブリンの頭が宙に舞《ま》う。

僕は不可視《インヴィジブル》だけでなく、新しく慣性制御《せいぎょ》の魔法も会得《えとく》していた。慣性とは、外部から力を加えられない限り同じ運動を繰《く》り返《かえ》し続けようとする性質のことで、つまりは急に止まれないということだ。それを魔法により、無理やり制御する。

普通は剣を振るったら、その勢いのまま流れてしまう。首を斬《き》るという行為《こうい》もそれなりの力がいるので、当然剣はより勢いに乗って流れる。

でもそれを首を斬った段階で、ピタリと止める。そこからさらに、次の首を斬り落とし、あとは同じ要領を続けるだけ。

そして、ナイフを胸ポケットにしまう。

「……さようなら」

そして僕はゴブリンが身につけていたものを剥《は》ぎ取るとそのまま去っていく。気持ちのいいものではない。やはり僕は殺すことを心から楽しむことができるほど、壊《こわ》れてはいないようだった。でも、人は慣れてしまうものである。たとえコミュニケーションの取れる相手であっても、何の感情もなく殺せてしまう。

僕は胸近くまで伸《の》びきった髪《かみ》をかきあげると、次はどこに行こうかと考えながら歩いていく。

「ダンジョンか？　噂《うわさ》には聞いたことがあったけど……」

さらに北に進むと、大きな地下に通じる穴があった。これは結界都市でも噂されていた、ダンジョンという代物《しろもの》かもしれない。中は魔物の巣窟《そうくつ》だが、最深部には目も眩《くら》むような財宝がある……そんな眉唾《まゆつば》ものの話を信じているわけではないが、僕は行ってみたいと思った。

そしてダンジョンとは言《い》い換《か》えれば、迷宮《めいきゅう》である。つまりは迷って戻ってこられなくなる可能性もあるのだ。

でも好奇心《こうきしん》が先行して、僕は進んだ。

大丈夫、やばいと思ったら戻ればいい。

それがただの驕《おご》りだということを僕はのちに知ることになる。

「薄暗いな……」

　中に入ると、そこは冷たい空気が流れていた。そしてなぜか明かりも灯っており、誰かがいる気配がした。いや厳密に言えば、誰かではなく、何かだろうが……それでも、僕は何かの存在を感じ取っていた。

「人間!?」

「人間だ、人間だ！」

「みろ、人間が来たぞッ！」

さらに奥に進むと、大量のゴブリンがそこにいた。先ほど外で出会ったゴブリンはここから出て来たのか……魔族の生態系もよく分からないな……と、そんなことを考えているとゴブリン達《たち》はニヤリと微笑《ほほえ》み始める。

「人間の肉、久しぶりだぁ……」

「あぁ……人間の肉は美味《うま》いからなぁ。これで攫《さら》う手間も省けるってやつだぁ」

「キシシシシシッ！　人間、喰《く》うッ！」

それぞれが狂喜乱舞《きょうきらんぶ》している。その姿を興味深く見ていると、すでに僕の後ろには大量のゴブリンがいた。おそらく、途中の道に隠《かく》れていたのだろう。

「死ねぇええええッ！　人間ッ！」

その声を合図にして、およそ三十四ほどのゴブリンが大量に押《お》し寄《よ》せる。

「……くッ！」

僕はまだ集団戦闘には慣れていない。今までは確実に勝てるように、状況《じょうきょう》を自分で作ってきた。だが今は、違う。今は僕が圧倒的《あっとうてき》に不利。地理的にも逃げるという選択肢《せんたくし》はない。間違いなく、ここに生息しているこいつらの方が逃げ道《みち》も把握《はあく》している。

「……不可視刀剣《インヴィジブルブレード》」

意を決して、魔法を発動。胸ポケットからナイフを取り出すと、任意の長さに刀身を伸ばす。不可視刀剣《インヴィジブルブレード》は短くも、長くもできる。だからこそ今回はこの狭《せま》い中でも使用できるようにいつもよりも短めにする。

この瞬間、こうして魔族と接敵する時。いつも心には死が過《よ》ぎる。もしかしたら、僕はここで死んでしまうのではないか。いや、ずっと戦ってきたんだ。今回もきっと大丈夫……そう相反する考えが反芻《はんすう》される。でも決して楽観的になってはいけない。この世界は弱肉強食。弱いものは、ただ蹂躙《じゅうりん》されるだけなのだから。

「はあああああッ！」

そして、一閃《いっせん》。今の攻撃《こうげき》で、一気に三匹のゴブリンの首を刎ねた。だがここのゴブリンはよく訓練されているからなのか、怯《ひる》むことはない。後ろのゴブリンは、不可視《インヴィジブル》で壁を生成してこちらに来られないようにしている。後ろからドンドンドンと、見えない壁を叩《たた》く音が聞こえるが今は正面の戦闘に集中すべきだ。

「人間、強いぞッ！」

「強い人間、美味いッ！」

「美味い、美味いッ！」

目の前に集中しすぎていたからか、僕はさらに後方でキラリと赤く光る物体への反応が遅《おく》れてしまう。

「くそッ！　矢かッ！」

そう、飛んで来たのは火矢だった。かろうじて体を捻《ひね》って避《よ》けるも、左腕《ひだりうで》に被弾《ひだん》。じわじわと焼かれる感覚は、かなりの痛みを伴《ともな》う。

「ぐ、ううッ！」

そして突き刺さった矢を思い切り引《ひ》き抜く。僕は抜けた矢をその場に捨てると、ぼたぼたと垂れてくる血を気にする暇《ひま》もなく、そのまま戦闘を続ける。

ここは弱肉強食の世界。人間と異なり、同じ種族でも普通に殺し合いが起こる。

つまり常時戦闘態勢で生きているのだ。

僕は自分がそんな世界に生きていると再認識《さいにんしき》する。

「……そうだ、僕は……生きるんだ……！」

そして、さらに一閃。

そこから慣性制御の魔法を使って、さらに一閃。すでに僕の動きは止まることはない。

的確に、近くにいるやつから首を刎ねる。

余韻《よいん》などない、遊びなどない。

首を刎ねた瞬間、慣性を止め、次の攻撃へと移る。まるで一つの演舞《えんぶ》のように、的確にこなしていく。

そうだ。これこそが、黄昏の世界で生きるということなのだ。

「はぁ……はぁ……はぁ……はぁ……」

終わった。戦闘時間にすれば、一時間にも満たないだろう。でも、それ以上に感じられた。今までのどの魔物、魔族よりも強かった。

そして僕は改めて、この世界の厳しさを痛感するのだった。

◇

あれから一週間。僕はあのダンジョンの最深部まで潜《もぐ》ってみたが、何もなかったので再び黄昏の世界を歩いている。それにしても一年も放浪《ほうろう》を続けて、結界都市の一つにも戻れないとはどういうことなのだろうか。

そんなことを考えていると、何か不穏《ふおん》な気配を感じた。

「ん？　これは……？」

最近は第六感とも呼ぶべき感覚が強くなったのか、僕は妙《みょう》な気配を感じ取れるようになっていた。

「結界……なんだろうか？」

そしてそのまま森の中を進むと、結界が張ってあるのを感じた。結界を支えているのは人間のこともある。もしかしたら、この先に人間がいるのかもしれない。僕はそう考えて、結界を不可視刀剣《インヴィジブルブレード》で切《き》り裂《さ》いた。

「……」

ゆっくりと歩いて中に入ると、そこに広がっていたのは村だった。

石や木材などで出来た家がいくつも並んでいた。

「結界が破られたぞおおおッ！」

「敵襲《てきしゅう》か！　数は！」

「あの結界を破るのか！　何奴《なにやつ》だ！」

　ざわざわと騒《さわ》ぎ始める。そして走り回っているのは、人間に似ていても人間ではなかった。魔族だった。ちなみに、魔族と一括《ひとくく》りにしているが知性のない獣《けもの》を魔物、知性のある方を魔族と分類している。それを踏まえると、おそらくあれは……クラウドジャイアントだ。

　人と同等の知能を持ちながら、かなり高い身体機能を持つ巨人族《きょじん》。好戦的ではなく、必ずしも人間と敵対している魔族ではない。

　確か学院でそう習った記憶《きおく》がある。

「お前！　何奴だッ！」

　数人のクラウドジャイアントに取り囲まれる。それと同時に思った。今までは出会えば即戦闘《そくせんとう》。殺し合いが始まった。僕《ぼく》はすぐに逃《に》げようとしていたが、どうも話を聞いてくれるみたい……というか、話が通じる相手と判断したので大人しく手を上げて名を名乗る。

「種族は人間。名はユリアと言います」

　その言葉を聞いて、周囲のクラウドジャイアントは驚愕《きょうがく》に包まれる。

「な！　人間……だと！　ありえないッ！　ここをどこだと思っているんだッ！」

「でも見ろ。あの右腕、黄昏人《トワイライトザイン》じゃないか？」

「本当だ……あの腕は……」

「それよりも、早く長《おさ》を呼べッ！」

僕は両腕《りょううで》を上げていたので、ちょうど袖《そで》が下がって腕が丸見えになっていた。そういえば、この右腕の侵食《しんしょく》は時間が経てば経つほど長く伸びている。

肩《かた》から肘《ひじ》まであったのが、今は手首まで赤黒い模様が絡《から》み合《あ》うようにして伸びている。

これを見て、急に反応が変わった？　それに黄昏人《トワイライトザイン》とは？

そう考えていると、明らかに雰囲気《ふんいき》の違うクラウドジャイアントが出てくる。身につけている服装もかなり手入れされているようで、一目しただけでかなり高位の人物だと分かった。さらに特筆すべきはその筋肉。服の上からでも分かる隆々《りゅうりゅう》とした筋肉。間違いなく、あの人がこの村で一番強いのだろう。

「……黄昏人《トワイライトザイン》か。ふむ、ユリアといったな。こちらで話を伺《うかが》おう」

「襲ったりはしないんですか？　人間を食べたり……」

「……魔族が全《すべ》て人間の敵と思っているのか？　ま、そのことを含めて話そう。それに黄昏人《トワイライトザイン》ならば、丁重《ていちょう》に扱《あつか》おうじゃないか」

そして、僕は長と思われる人物の後についていくのだった。歩いている最中はすぐにでも逃げられるようにしていた。でも、周りのクラウドジャイアントはジロジロと見てくるものの、攻撃の意志は見られない。

人間に慣れている？　でも、そんなバカな……黄昏の中で生きている人間が……と、その時、閃《ひらめ》いた。そうだ。自分がこうして生きているのだ。他にも黄昏の中で生きている人間がいてもおかしくはない。今までどうして考えてこなかったんだ……。

「さ、座《すわ》ってくれ。茶くらいは出そう」

「……ありがとうございます」

僕は用意してもらった四角い柔《やわ》らかい布の上に座ると、相手と同じように正座をする。

「私はここの長を務めている、エドガーという。さて、ユリアとやら。どうしてここに？　見たところ、襲撃《しゅうげき》しに来たようではないが」

「その……信じてもらえるかは分かりませんが、一年前に黄昏の世界に放《ほう》り出されまして……迷いに迷った挙句、一年ほど放浪しています」

「なんと！　では、あの結界都市から出て一年一人でこの黄昏を放浪していたと？」

「はい。でも、エドガーさんは結界都市をご存じで？」

「ふむ……お主は知らんようだが、クラウドジャイアントは中立だ」

「え！　魔族《まぞく》って、全てが人間に敵対しているんじゃ！」

「確かに、八、九割はそうだろう。だが、残りの一、二割はそうではない。我々のように人間に対して友好的な種族もいる。それに、百五十年前の人魔《じんま》大戦では我は人間に命を救ってもらった。あの時は、クラウドジャイアントは中立を貫《つらぬ》くといったが他の種族がそれを許さず、襲って来たことがあった。それ以来、我らは人間には友好的だ。確か、数年前……三年前にもここに人間が来た。貴殿《きでん》と同じように、腕に赤黒い印を刻んでな」

「この腕のことをご存じで？」

「それは黄昏人《トワイライトザイン》の証《あかし》。つまりは、黄昏に適応した人間の証明だ」

「黄昏に適応？　黄昏には何かあるんですか？」

「知らぬのか？　黄昏は人間にとっては毒だ。といっても即死《そくし》するわけではない。黄昏の世界では人間は動きが鈍《にぶ》くなり、魔族は強化されるのだ。しかし、例外的に人間にも強化される個体がいる。それこそが、黄昏人《トワイライトザイン》。それに分かっていると思うが、黄昏に適応した生物には黄昏領域《トワイライトフィールド》が存在する。それは普通《ふつう》の生物では太刀《たち》打《う》ちできない、魔素《まそ》と黄昏が混ざり合った領域。黄昏人《トワイライトザイン》はそれに唯一対抗《ゆいいつたいこう》できる人間だ。もちろん、黄昏人《トワイライトザイン》にも程度によるが、黄昏領域《トワイライトフィールド》が存在する」

「な、なるほど……」

その話を聞いて得心した。

人間は確かに魔物《まもの》のレベルが上がっていくと、急に手も足も出なくなる。

それは、魔物たちに謎《なぞ》の分厚い壁のようなものがあるからだ。これは黄昏の世界を奥《おく》に進めば進むほどその傾向《けいこう》にあった。

それこそが、黄昏領域《トワイライトフィールド》だと理解した。でも僕の不可視刀剣《インヴィジブルブレード》はそれを吸収して、領域を薄《うす》くして切り裂くことができる。そして吸収することによって、その刀身は赤黒い色に可視化できるようになる。もちろん一定時間経過すると、透明《とうめい》に戻《もど》ってしまうのだが、黄昏領域《トワイライトフィールド》の魔素を吸収しているときは、僕の身体技能も、魔法《まほう》の能力も底上げされる。

そのことを僕はなんとなく今まで感じていたが……改めて言語化されると、腑《ふ》に落ちる。

それに僕の双眸《そうぼう》は、その領域を知覚することもできる。その能力のおかげで、僕はこの一年もの間、黄昏で生き延びることができた。

きっとおそらくそれが、黄昏人《トワイライトザイン》として覚醒《かくせい》した僕の能力なのかもしれない。

思えば、才能のない僕がこんなにいきなり強くなるわけがない。眠《ねむ》っていた才能があったとかではなく、僕は黄昏によって無理やり能力をこじ開けられたと言うことか……そう聞けば、なるほどと納得《なっとく》がいった。

「それで、その三年前に来た人は何をしに？」

「流浪《るろう》しているといっておった。特に語ることはなく……な。だが、書物をいくつか残していった。そして人間が来たら渡《わた》して欲《ほ》しいと頼《たの》まれた」

「書物……ですか」

「うむ。しかし、貴殿……なかなかに馴染《なじ》んでいるな」

「分かるんですか？」

「黄昏の適合具合はよく分かる。貴殿はあの時の人間と同等か、それ以上に馴染んでいる」

「そもそも、黄昏とは何なのですか？　人魔大戦の時に、発生しそれによって人間が敗北したと聞きましたが……」

「分からん」

「え？」

「この黄昏は不明な代物。どこから発生しているのか、そもそも原因があるのか。それとも自然発生なのか、不明なものだ」

「そうですか……外の世界は謎に満ちているんですね」

「それよりも、貴殿。結界都市に戻りたいのか？」

「……忘れていました！　そうだ、知っているんですか！　ここがどこなのか！」

「もちろん。ここは大陸の中でも極東に位置する。もう少し東に行けば、そこから先は海しかない」

「極東、正反対じゃないですか！」

「それだけに驚《おどろ》きだ。よもや、徒歩で結界都市からたった一年でここまでくる人間がいるとは……」

　世界地図は頭に入っている。人間が今いるのは、西だ。西にある土地を縦に貫くように七つの結界都市は存在する。どうりで、たどり着かないはずだ。僕はずっと真逆に進み……そして大陸の行き止まりまで来てしまったのだ。

「地図って貰《もら》えたりします？」

「……勝負をしないか？」

「え？」

「我らは武に生きる種族。三年前に来た黄昏人《トワイライトザイン》も強かった」

「勝ったんですか？」

「いや負けた。圧倒的な敗北だった。そして私はこの三年、あの敗北からさらに鍛錬を積んだ。どうだ、試してみないか？」

「勝てば、地図をくれると？」

「いや勝敗はいい。とりあえず、全力で戦いたい……貴殿とな。終われば、書物と地図。それに衣服や、カバンの類《たぐい》も渡そう。食料も提供してもいい」

「これは何から何まで……本当にありがとうございます」

「で、受けてくれるか？」

「もちろん！　こちらこそ、宜《よろ》しくお願いします」

とにかく今は人に飢《う》えていた。それにこうして稽古《けいこ》のようなものをつけてくれるのは嬉《うれ》しい。自分がこの世界でどれほど強くなっているのかも知りたいと思っていた。

そして僕は、クラウドジャイアントの長《おさ》と戦うことになるのだった。

「準備は良いか、ユリア殿《どの》」

「はい。構いません。ルールは寸止め、ですよね？」

「うむ。審判《しんぱん》もつけてある。思う存分、やろうではないか」

試合をするというので、僕たちは外の演習場と呼ばれる場所にやって来た。クラウドジャイアントたちはここで練習などをしているらしい。そして、周囲を見ると、野次馬《やじうま》の輪ができていた。皆楽しそうにこちらをみている。武に通じるものというのは、本当みたいだ。

「長、人間に負けないでくださいよ！」

「頑張《がんば》ってください、長！」

「人間も、奮闘《ふんとう》しろよ！」

そんな野次《やじ》が飛んで来て、そして審判をするクラウドジャイアントの口から開始の言葉が告げられる。

「それでは、初めてくださいッ！」

瞬間、ドンッと地面を重たく蹴《け》る音がした。

眼前。

エドガーさんの鋭い刃が僕を狙《ねら》う。構えからして、肩から袈裟《けさ》斬りをしようという感じだろうか。そう、冷静に分析《ぶんせき》すると、僕はとりあえずバックステップをしてその攻撃を躱《かわ》す。

練度の高い、かなり速い攻撃。おそらく黄昏で会った魔族の中でもトップクラスだろう。でも、付いていける。僕の目は確実に相手の動きを捉《とら》え、そして僕の脳はその動きから次の攻撃をしっかりと予測できていた。

この一年。この技能がなければ死んでいた。現状をよく知り、次はどうするべきか。そのシンプルな思考こそが、この黄昏では最も重要だった。一寸先は死の世界。それが出来る者は生きて、出来ないものは死ぬ。

そして僕は今も生きている。人類の生存が不可能とされている黄昏で、一年も生きている。でももう驕りはない。いやこの先、驕ることはないだろう。僕はこの黄昏に比べれば矮小《わいしょう》な存在だ。世界にはもっと強い連中が沢山《たくさん》いる。そして、人類に世界を……輝《かがや》かしい光を取《と》り戻すために、僕はこれからもっと強くなる。

「……やるな、ユリア殿」

「そちらも凄《すさ》まじい技術だ。では、こちらも……」

僕は自分が着ているオンボロの自作コートの中から、ナイフを取り出す。

「ナイフ？　良いのか？　リーチ差が圧倒的だが？」

「心配は結構。どうぞ、来てください」

「ふ……」

ニヤリとエドガーさんが笑うと、再び接近。だが先ほどとは違《ちが》い、刀の届くギリギリの範囲《はんい》で剣戟《けんげき》を繰り出してくる。この人はどんな相手でも本気を出す。それが分かっただけでも、本当にいい人なのだと理解した。それと同時に、僕も手を抜《ぬ》くわけにはいかない。全てを出し切って……この人に勝利という形で報《むく》いるのだ。

「なッ……！」

その声は、エドガーさんのものだった。

そう、僕はエドガーさんの刀を受け止めていた。しかし、物理的に見ればナイフが届く領域ではない。僕はいつも通り、不可視刀剣《インヴィジブルブレード》を発動してその刀身を、エドガーさんの持つ刀と同じ長さまで伸ばしていた。

おそらく、これよりももっと伸ばすことは可能だけど、僕にその技量はまだない。だから、これで戦うしかない。

「透明な……剣。なんと、面妖《めんよう》な。そのような魔法、見たこともないが……面白《おもしろ》い。それに、慣性制御も見事だ……やはり、黄昏人《トワイライトザイン》は面白い。実に面白い」

エドガーさんは後方に下がると、ニヤッと再び不敵に笑う。今の瞬間、僕は彼《かれ》のわずかな油断を逃《のが》さず、すぐに慣性制御を使って間髪《かんはつ》いれずに次の攻撃を繰り出していた。だというのに、エドガーさんは僕の刀身の長さをすぐに把握しただけでなく、手首の返し、さらに全体の体の運びから次の攻撃を予測。慣性制御による連続攻撃も虚《むな》しく空を切るだけだった。

「……強いですね」

「それはそちらも同じ……さぁ、存分に楽しもうではないか！」

それから三十分。その剣戟の時間は永遠とも思えるほどだった。互《たが》いに手の内は全て晒している。エドガーさんは魔法を特に使用することもなく、その刀の技量だけで僕と対峙《たいじ》していた。一方の僕は魔法による身体強化、それに不可視刀剣《インヴィジブルブレード》を使っているというのに完全に互角《ごかく》の戦いをしていた。

そして集中力が切れたのか、僕のナイフが宙に舞う。流石《さすが》に人間よりも魔族の方が肉体的なスペックは優《すぐ》れている。技量ではなく、純粋《じゅんすい》な体力の差が出てしまった。でも……これも計算の内だった。油断する瞬間は、勝ったと内心で思うこと。僕はそれを嫌《いや》というほど味わって来た。そして、エドガーさんの冷静な目にもわずかにその色が見えた。あれは勝利を確信し、油断している色だ。

「うおおおおッ!」

最後の力を振《ふ》り絞《しぼ》って、エドガーさんは刀を振るう。今の無防備な僕にはそれを防ぐ術《すべ》はない。だが防ぐ必要はなかった。彼よりも先に、攻撃を当てればいいのだ。

そして次の瞬間、審判による勝利のコールがなされる。

「勝者、ユリア殿」

エドガーさんの首からはわずかに血が流れていた。そして彼の刀はまだ振りかぶっている最中。そう、僕のとある攻撃の方が先に当たり、それが致命傷《ちめいしょう》になり得ると審判は判断したのだ。実際のところ、今の攻撃で絶命させることもできたが……それはきっと、エドガーさんも分かっているだろう。

「ユリア殿」

「はい」

「感服した。黄昏人《トワイライトザイン》は特別……そう言いたい気持ちもあるが、それは誰《だれ》よりもこの黄昏という過酷《かこく》な世界でたった一人であなたが積み上げてきたものだ。素直《すなお》に賞賛し、尊敬しよう」

「……ありがとうございます」

少しだけ泣きそうだった。今までこのように褒《ほ》められたことはなかった。純粋に相手の力を認める。そして、こんな子どもに対して握手《あくしゅ》を求め、頭を下げる。並大抵《なみたいてい》の人格者ではない。

「でも、エドガーさんは本気ではなかったでしょう？」

「それは貴殿も同じ。いや、本気でやっていたら私の首が先に飛んでいたな。先ほどの技《わざ》、全く頭になかった。いやはや、世界は広い。だから、楽しい……」

「お世話になりました」

その夜、壮大《そうだい》な宴会《えんかい》が開かれた。クラウドジャイアントの人たちは皆、気さくでとても良くしてくれた。長と戦って勝利を収めたというのも大きいのだろう。そして一晩眠って、次の日の朝。僕はすでにここを出る準備が完了《かんりょう》していた。

新しくもらった衣服の数々。

また、僕の持っていたオンボロのコートもなんと一晩で新品同然に修繕《しゅうぜん》してもらった。

あとは地図とコンパス、それに書物に食料と水。さらには武具ももらった。と言っても使い捨てのただのナイフらしいが、それを二十本も頂いた。僕はそれをコートの専用のスペースにしまうと、ぺこりと頭を下げた。

「みなさん、本当にありがとうございました」

「ユリアー、またきてくれよー！」

「強かったな、ユリア！　またな！」

「ユリア、最高だったぜ！」

「ははは、どうもです」

皆それぞれ声をかけてくれる。最後に、エドガーさんが前に出てきて握手を求めてくる。

「ユリア殿。きっと結界都市に戻れる。貴殿の実力ならば。再び一年でこの大陸を横断できるだろう」

「……ありがとうございます。何から何まで……本当に……」

「良い。人間には礼を尽《つ》くす……といってもそれは善良な人間に限るが、貴殿は人格者だった。この黄昏という世界で生きながらえ、絶望を知りながらも、前を向いて歩みを止めずにここまでたどり着いたのだ。無下に出来るわけもない。それに久方ぶりの黄昏人《トワイライトザイン》との戦い。心が躍《おど》ったものだ」

「……こちらもです。とても楽しかったです」

「人類に全面的に協力するには、こちらもしがらみが多い。だがユリア殿ならば、わずかな光を切り開けると確信している。月並みな言葉だが、頑張って欲しい」

「……はい」

僕は泣いていた。今回は止めることもできなかった。

ここまで辛《つら》かった。いくら強くなっても、心が折れそうな日々の方が多かった。明日こそ、死ぬんじゃないか？　寝《ね》てしまったら、もう起きられないんじゃないか？　そんな恐怖に縛《しば》られながらも進んで、進んで、進んで、前を向いた。いつか結界都市に、故郷に戻るために僕は諦《あきら》めなかった。そしてクラウドジャイアントのみんなに出会って、報われることもあるのだと知った。きっとこれはただ運がいいだけ。それは知っているけど、僕は泣かずにはいられなかった。

そして、右腕《みぎうで》で涙《なみだ》をぐしぐしとこすると僕はバッと前を向いてこう言った。

「お世話になりましたッ！　きっと、結界都市に戻ってみせますッ！　このご恩は忘れませんッ！」

僕はもう、振り返ることはなかった。

第二章　黄昏からの帰還《きかん》

クラウドジャイアントの村を出てから、再び一年が経過した。結界都市から出た時は、クラウドジャイアントの村まで一年かかった。でも戻るのは地図とコンパスもあるし、今の実力を考えてももっと早いと思っていた。だがどうやら、この地図は少し今の世界とズレているらしい。古いもので少し心配していたが、予感は的中した。

それでもないよりはマシだった。何よりも明確な指針になる。初めの一年のようにどこかを彷徨《さまよ》い続けているという恐怖感も薄い。相変わらず、僕は死の恐怖に怯《おび》えながら進んでいたけどそれでも、足取りは決して重いものではなかった。

そして、僕はちょっと疲《つか》れもあってトボトボと歩いていると……何か大きな建物というか巨大《きょだい》な壁のようなものが見えた。

「まさか、まさか、まさか？　あれは……結界都市」

視界にわずかに入るぼんやりとした景色。だが、間違《まちが》いようがない……あれは結界都市だッ！　僕は……僕は戻ってきたんだッ‼

「う、うわあああ……や、やったああああぁッ!!　ごほっ！　ごほっ！　う、むせた……」

あまりの喜びに思わずむせる。でも、もう目の前なのだ。僕は……黄昏で二年過ごした。

そして……戻ってきたのだ。

ダンたちに見捨てられ、そして結界で戻ってこられないようにされ、不当な扱いを受けて……僕は黄昏の世界に迷い込んだ。ずっと恐怖《きょうふ》と隣《とな》り合わせだった。

強くはなったかもしれない。

でも、強くなればなるほど黄昏の世界の異質さに気がついてしまった。存在する、魔物、魔族は途方《とほう》も無い強さだった。戦った時もあったけど、命辛々《いのちからがら》、懸命《けんめい》に逃げることもあった。逃げるが勝ち、というがあれは真理だった。そしてそんな日々を二年も繰り返して、僕は二度目の大陸横断を果たして……戻ってきたのだ。

「うわぁ……結界都市だぁ……ううう、ちょっと泣きそう」

そう独り言を言って、大きな都市を見上げていると外にいる見張りの人が近づいてくる。

「おい。今の時間は外に出ている人間はいないはずだ。何者だ？」

「人間だ……人間がいるッ！」

「は？」

「おっと失礼……」

人に会うのも二年ぶり。思わずあの時のゴブリンのような物言いになってしまった。そうだ。冷静に話をしよう。

「僕はその……黄昏を二年間彷徨っていまして……今戻ってきました」

「はぁ？」

「ほ、本当ですよ？　それに学院にもともと所属していたんです。確認《かくにん》をとって頂ければ……」

「……名前は？」

「ユリア・カーティスと言います」

「ちょっと待ってろ……」

そう言って守衛の人は下がっていく。

うーん。早く中に入りたいけど、確かに不審者《ふしんしゃ》そのものだよなぁ……そうして三十分ほど経過して連絡《れんらく》がついたようだった。

「第三結界都市のユリア・カーティスだな。と言っても、ここは第七結界都市だからな。少し確認に手間取ってしまった」

「え？　第七？」

「そうだ」

「マジか……」

僕は地図を見て、第三結界都市を目指していたつもりだった。でも第七結界都市にたどり着いてしまったらしい。うーん。ここで引き返すのもなぁ……それに、すぐに戻る理由もない。ここでお世話になろう。

「顔写真を確認したが……髪《かみ》色と長さが変わっているな。長さはともかく、その色は？脱色《だっしょく》でもしたのか？」

「こ、これはちょっとストレスで……」

そう、今の僕は元々の茶髪《ちゃぱつ》から白に近い銀の髪へと変質していた。一時的なものだと思ったけど、根元を見てもその白さに変わりはなかった。おそらくストレスだと思う。あの過酷な世界で僕は常に死を意識していた。そのせいだと……思う。

「はぁ……まぁいい。では、お前の誕生日、両親の名前、学院での成績などプライベートなことに答えてもらう」

「分かりました」

徹底《てってい》していると思ったが、確かに不審者に変わりはないので致《いた》し方《かた》ないと思って僕は答えることにした。

「では入ってよし。まずは学院で学院長と話をしてもらう。復学する気なのだろう？」

「はいッ！」

そして僕はとうとう、結界都市に戻ってきた。

◇

第七結界都市の印象は僕のいた都市とそれほど変わりがないな……ということだった。

まぁでも、それもそうだろうと思いながら、僕は周りにいる人をジロジロと見ていた。

あぁ……戻ってきたんだという安堵《あんど》感《かん》が胸を一杯《いっぱい》にする。

「ではこちらでシャワーを浴びてください。衣類、持ち物はこちらで検査をします。それと……衣類はこちらで洗濯《せんたく》をしておきます……」

「ありがとうございます」

学院にやってきた。第三結界都市もそうだけど、やっぱり大きい。そして僕はここの先生に案内してもらう。

その人に匂《にお》うと言われて、シャワーに連れていかれた。それに荷物の検査というが、実際は検問の時点で終わっている。おそらく、衣類の洗濯をしたいのだろう。

う……なんだか、申し訳ないけど……黄昏では水洗いしかできなかったんだよぉ……。

「さっぱりしましたね。こちら衣類です。着ておいてください」

シャワーを終えると、すでに衣類がまとめてあった。おそらく魔法でも使ったのだろう。

「ありがとうございます」

そう言って服を着て、荷物を持ち直すと僕は学院長室に案内された。

「では私はここで」

淡々《たんたん》とそう言って去って行く。なんだかクールな人だったなぁ……と、今はそんなことはいい。中に入らないと。こんこんとドアをノックすると、中から声がした。

「入って構わん」

「失礼します」

ガチャリとドアを開けて入ると、そこには金髪《きんぱつ》の女性が二人いた。片方は机におり、もう一人は机の前で立っている。おそらく、奥にいるのが学院長で、手前にいるのは制服を着ているし生徒だろう……そう思った。

学院の制服は白と青をベースとしたものであり、対魔師《たいまし》としてのランクが上がると腕《うで》に入るラインが増えていく。その中でもSランク対魔師になると装飾《そうしょく》は翼《つばさ》を模倣《もほう》した派手なものになる。

「エルザ・エイミス。それが私の名前だ。よろしく」

「これは初めまして……ユリア・カーティスと言います」

僕は中に入ってすぐに挨拶《あいさつ》をした。でもなんだか、女生徒の方は僕をじっと睨《にら》んでいる気がする……いや、絶対に睨んでいる。

「お母様、この人が黄昏で二年間生き残った人ですか？」

「すまない。極秘事項《ごくひじこう》なのだが、娘《むすめ》に聞かれてしまってね。ちなみに名前は……」

「シェリー。シェリー・エイミスよ。それにしてもあなた、本当に二年も生きたの？　あの黄昏で。嘘《うそ》じゃないの？　なんだか細くて弱そうだし。それになんだか、女の子みたい」

「ははは……辛辣《しんらつ》だなぁ……」

シェリー・エイミス。金髪碧眼《きんぱつへきがん》で、身長は僕よりも少し低いくらい。女性にしては高い方だろう。それに何より美人だ。でもこれはちょっとキツめの美人というか、僕を睨んでいる目のせいでどうにも嫌な印象しかない。

「さて、ユリアくん。君には編入してもらうけど、構わないかい？　第三結界都市に戻れるなら構わないが？」

「……いえ、編入させてください」

特に残してあるものもない。この場所で対魔師を目指してもいいだろう。

「それでだが、君……お金はあるかい？」

「え、えーっと……」

ない。そんなものは一銭もない。以前は色々と工面して学院への入学金、授業料を払《はら》っていたが、今は何もない。

え？　もしかしてこれってやばい？

「そこでいい話だ。君が特待生と認められれば、編入金、授業料、さらには寮《りょう》での生活費も無料《ただ》だ」

「ほ、本当ですか！」

「ただし条件がある。そこにいるうちの娘と模擬《もぎ》戦をしてもらいたい」

「……理由は？」

「理由は一つ。君を疑っているからだ。黄昏で二年も生活をした人間など前代未聞《ぜんだいみもん》だ。それに、二年もあの過酷な世界で生きていたのだろう？　強くないわけがない。それにこちらとしても、君の力を知っておきたい」

「そう、ですか」

「なに、余裕《よゆう》って顔ね？」

いきなりそう言ってくるシェリーさんに僕《ぼく》は少し面食《めんく》らってしまう。

「ははは……シェリーさんってば、辛辣だねぇ……」

「ふん。別に、事実を言ってるだけよ」

「実はうちの娘、Aランク対魔師でね。どうだい、相手に不足はないだろう？」

「Aランク対魔師！　今、何年生なんですか！」

「今年四年になったばかりよ」

「四年生で、Aランク対魔師。すごいですね……」

　検問の際に確認したけど、今は新年度が始まったばかりの五月。そして四年生ということは僕と同い年だ。そう考えると、Aランク対魔師というのは異常だとよく分かる。

　対魔師にはランクが存在して、Eランク↓Dランク↓Cランク↓Bランク↓Aランク↓Sランク対魔師となっている。

　普通は卒業段階では、Cランク対魔師がいいところ。優秀《ゆうしゅう》な人は卒業段階でBランク対魔師になるらしいけど、まさか四年生の段階でAランク対魔師になるなんて……シェリーさんは本当に強いのだと理解する。

　このランクでSランク対魔師はある種特別なのだが、学院を卒業して軍人になる際の指針になる。上のランクであればあるほど、上の階級から軍人としてのキャリアを進めることができる。

それと同時に思った。今の僕は対魔師としてどれほど強いのだろうか？　エドガーさんと戦って以来、対人戦のようなものはしていない。

だから僕は気になっていた。僕は……立派な、父のような対魔師になれるのだろうかと。

「怖気付《おじけづ》いたの？」

「いえやります。やらせてください」

そして僕はシェリーさんと戦うことになった。

でももし負けたら……お金どうしよう。

「ねぇ、ユリア。あなた本当に二年も生き残ったの？　あの黄昏で」

「うん。シェリーさんは疑っているけど、本当だよ」

「シェリーでいいわ。それで……私は、あなたが黄昏に出て頭を打った唯《ただ》の妄想癖《もうそうへき》の人間と思っているわ。その立《た》ち振る舞《ま》いから、表情、全てが強さを物語ってはいない。私の知っているSランク対魔師は一目で強いと分かる。でも、あなたにはそれがない。私……自分の目は信じているの。それに、私は黄昏《たそがれ》の戦闘《せんとう》時間が五十時間を超《こ》えているのよ？」

試合前。

向き合っている僕とシェリーさん……じゃない、シェリー。

すでに夜ということで、演習場に人はあまりいない。いるのは学院長と、あとは数人。

僕のことは極秘《ごくひ》……と言っていたので、それなりに地位のある人だと思うが見られていると少し嫌な感じだが……確かに、僕が唯の妄想癖のある人間だというのも理解できる。

お金の面もそうだけど、色々な意味で僕はここで自分の力を示す必要があるのだと思った。

「シェリー。僕はこの二年、死ぬ気で生きて来た。明日には死ぬんじゃないかって、毎日思った。でも、生きて生きて生きて……生き抜いて戻って来た。君の目を疑うわけじゃないけど、今回勝つのは僕だよ」

「ふーん。言うわね」

それは驕《おご》りじゃない。純然たる事実だ。僕は負けない。負ける気がしないし、負けるわけにもいかない。

それはプライドからくるもの？　それとも金銭的な面で？

自問自答するも、答えは出ない。そして僕は彼女《かのじょ》と向き合う。

「では……試合開始ッ！」

学院長が今回は審判をしてくれるようで、彼女がそう言ったのを合図に僕たちは戦い始めた。

「……」

瞬間《しゅんかん》、僕はそのまま一気に距離《きょり》を詰《つ》めるとナイフを突《つ》きつけた。不可視刀剣《インヴィジブルブレード》を使う必要もなく、ただただ普通の攻撃《こうげき》だけで僕は彼女に勝利した。おそらく僕がこれほど速く動くとは考えてもいなかったのだろう。

「しょ、勝者……ユリア……」

「え……は……？」

彼女は唖然《あぜん》としていた。なんだこれは、一体どうして？　という風な顔をしている。だが徐々《じょじょ》に冷静さを取り戻したのかは分からないけれど、急に大きな声を上げる。

「も、もう一回よっ！」

「えっと……再戦ってありなんですか？」

僕はそう学院長に尋《たず》ねた。

「……君が了承《りょうしょう》するならいいだろう」

「分かりました」

その後、僕は彼女と何度も戦い続けた。だが僕が敗北することは一度もなかった。

「……もらったッ！」

「……くッ！」

最後の一戦。彼女はすでに九連敗を喫《きっ》し、これが最後だと言って始めた試合。流石に慣れてきたのか、彼女は僕のナイフ捌《さば》きに対応できるようになっていた。でも、それでも……僕は不可視刀剣《インヴィジブルブレード》を攻撃に使う必要はないと思った。あの不可視の刃《やいば》は知覚不可能。使ってしまえば、そこで試合が終わるどころか最悪殺してしまうからだ。

「……もらったッ！」

彼女は僕のわずかな隙《すき》を狙ってくるが……やはりまだ遅《おそ》い。だが流石に避《よ》けるのも手間なので左手から発動した不可視刀剣《インヴィジブルブレード》でそれを受け流し、僕の右手のナイフの方が先に彼女の体に微《かす》かに触《ふ》れる。

「は……あ……え……！」

「……勝者、ユリア」

十回目のコールが告げられる。

彼女は慌《あわ》てている。それもそうだろう。何もない空間でいきなり、剣戟を受け流されたのだから。その真実はこうだ。

僕の不可視刀剣《インヴィジブルブレード》は必ず起点を必要とする。つまりは何もない空間に透明《とうめい》な剣《けん》や刀を生み出すことはできない。必ず、柄《つか》となる部分が必要なのだ。ただ壁《かべ》を作るとかならいけるけど、剣や刀といった精巧《せいこう》なものを不可視《インヴィジブル》で再現するのは厳しい。だからこその起点。起点はなんでもいい。棒状のものであれば僕は不可視刀剣《インヴィジブルブレード》を発動できる。木の棒、鉛筆《えんぴつ》、くし、そして……手、指、足でさえも僕の剣となり得るのだ。

「負けたわ……完敗だわ……」

シェリーはやっと敗北を認める。でもまぁ……その負《ま》けず嫌《ぎら》いな部分だけはすごいものだと思った。負けても負けても向かってくるその精神。それは僕にはないものだ。素直に賞賛に値《あたい》する。

圧倒的《あっとうてき》な実力差があると分かっているのに、何かを盗《ぬす》み取り……そして成長しようという意志。

純粋に羨《うらや》ましいと思った。僕にはそんなものはなかったし、今も持っていないから。

「ユリア……あなた、本当に強いのね」

そう言って握手を求めてくるシェリー。もちろん、僕はそれに応じる。

「まぁこれしか取《と》り柄《え》がないだけさ」

「謙遜《けんそん》ね。それだけ強いのは、本当に誇《ほこ》るものだわ。私なんか、足元にも及《およ》ばなかった……」

「でもシェリーも強かったさ。最後の方はいい線いってたと思うよ」

「……お世辞はいいわ。自分の未熟さをただただ痛感するだけだった。また一からやり直しね……」

「……シェリーは強いね」

「何、嫌味《いやみ》？」

「いや精神的な意味で」

「ま、この負けず嫌いな部分だけは誰にも負けないわ」

「ははは……確かに十回も試合したのは、中々に負けず嫌いだね」

そうして、僕はシェリーに勝ったと同時にこの学院に特待生として入学することが決定した。

何はともあれ、諸々《もろもろ》のお金が無料になってよかった。

「では、ユリアくん。君をAランク対魔師として登録するが……いいかね」

「え？」

「Aランク対魔師に勝ったのに、Aランク対魔師にならないのはおかしいだろう。Sランク対魔師になるには色々と条件があるが、今回は私の裁量でAランク対魔師にしておこう。サインだけもらえるかね？」

「……は、はい」

黄昏で二年彷徨っていた少年が戻《もど》ってきて、第七結界都市の学院で最強のシェリーを倒《たお》し、Aランク対魔師になった。そのニュースは翌日、学院中に広がることになるのだが……僕はそんなことを知る由《よし》もなかった。

どうもユリアです。

僕は黄昏から帰還し、そして何故《なぜ》かシェリーを倒すと、Aランク対魔師になっていました。うん……なんかあっさりと。自分の実力、あの黄昏の世界で生き抜いてきたことへの自信は少し出てきたものの……僕は、なんとぼっちになってしまいました。

寮で部屋をもらい、次の日からの生活を楽しみにしていました。ちなみに何故か寮ではシェリーの隣《となり》。曰《いわ》く、部屋がそこしか空いていないとのこと。女子寮《じょしりょう》の隅《すみ》っことは言え、少し心苦しい……。でも、明日からは明るい学院生活が始まる……！　そう、思っていたけど……。

「ど、どうも。ユリア・カーティスです。第三結界都市から転入してきました。よろしくお願いしますっ！」

ぺこりと頭を下げた。ここまでは良かった。

「ではみなさん、彼に質問などありますか？」

「はいはーい！　しつもーん！」

「ではソフィアさんどうぞ……」

クラス担任の先生がそう言うと、確かソフィアさん？　が僕に質問をしてくる。

「黄昏で二年も生活してたって本当ですかー？」

「え……僕は少し事情があって、この都市にやってきました」

「シェリーに勝ったと言う噂《うわさ》の真偽《しんぎ》は？」

「シェリーさんは学院長の娘さんなので、書類の手続きの時に偶然《ぐうぜん》会いました。勝ったとか、負けたとか、そう言う勝負はしていません」

「へぇー、やっぱ嘘かぁ……」

僕は事前に昨日の試合のことは内密にするように言われている。だからこの事も予《あらかじ》め考えていて、答えを用意していたのだ。ちなみにAランク対魔師のことも言う気は無い。別にバレてしまっても良いが、しばらくは皆《みな》に馴染《なじ》むために不必要な距離感を作ることはしたくない。

「……ちッ！」

ちらっと見ると、偶然にも同じクラスにいるシェリーが舌打ちをして僕の方を忌々《いまいま》しい表情で見てくる。

ちょ！　そんな顔したら変に思われるだろう！

と言いたかったが、何気ない顔でスルー。黄昏で二年も生活してたなんてバレたら、色々と煩《わずら》わしいからこのままひっそりと卒業まで迎《むか》えたいものだ……などと考えていると、再

び質問が飛んでくる。

「はいはい。静粛《せいしゅく》に。では、ユリアくんはシェリーさんの後ろの席で」

「分かりました……」

そう言って僕はシェリーさんの後ろの席に着く。ちょうど窓際《まどぎわ》の隅っこ。隅っこは僕の定位置なのか、妙《みょう》に落ち着いた感じがした。

「よろしく、シェリー」

「……よろしく」

ブスッという彼女を見て、昨日はやりすぎたかなぁ……と思うのであった。

◇

結界都市にある、対魔学院のシステムは普通《ふつう》の学校とは違《ちが》う。

普通の学校はカリキュラムが全《すべ》て決まっているが、対魔学院は午前は基礎《きそ》授業、午後からは選択《せんたく》授業になっている。基礎授業は、基本的な対魔師としての知識。そして基礎体力と、基礎魔法《きそまほう》や戦闘《せんとう》技術。

でもやはり人には向き不向き、得意不得意があるので午後は自分の得意な分野を伸ばすという目的で、選択授業になっているのだ。

さて、午後からは何の選択授業を受けようか……と考えている間に午前は終わり。昼休みだ。ちなみに休み時間に僕の周りに人が集まるなんてことはなかった。みんな、遠巻きにちらっと見てはヒソヒソと話している。

でもそれも仕方のないことかもしれない。そもそも、結界都市のシステム的に転入はほぼあり得ない。結界都市間を移動する手段はあるも、それはＡランク対魔師やＳランク対魔師の随伴《ずいはん》が必須《ひっす》となる。しかも移動する理由は、今の結界都市にはほぼないし、年に数回ある交流試合や大会などくらいだ。

しかも、黄昏で二年も生きた、Ａランク対魔師であるシェリーに勝った極秘のＡランク対魔師である、という噂が学院中に飛《と》び交《か》っている。他のクラスだけでなく、他の学年からも僕を見にきている人もいるみたいだし。

「あなた、暇《ひま》？」

「暇だけど」

「付いてきなさい」

「ちょっと！」

そう言うシェリーの後を僕は渋々《しぶしぶ》ながら追うのだった。

「はいこれ。あげるわ」

屋上。僕たち二人は屋上にやってきていた。

そして彼女はサンドイッチを渡《わた》してくれる。

「シェリーの手作り？」

「そ、そうよ！　悪い！」

「いやぁ……人の作ったご飯なんて、二年ぶりだよぉ……はぁ……感謝感謝」

「その……外のこと聞いても良い？」

「もぐもぐ……ん？　良いけど」

「ご飯はどうしていたの？」

「うーん。基本は魔物《まもの》を食べていたかな。蛇《へび》とか、蜘蛛《くも》とか、蜂《はち》とか、タンパク質の多そうなものを好んでいたかな。あとはたまに脂肪分《しぼうぶん》の多い、太った虫とかも食べたよ。まぁ基本は現地調達かな？　とりあえずは死なないために色々と食べたよ。それこそ、結界都市で生きているなら絶対に食べないものも食べたりね。時々、お腹《なか》を壊《こわ》すこともあったけど、体が慣れてきたのか、一年後以降は普通になんでも食べて大丈夫《だいじょうぶ》だったかなぁ。それこそ、二年目は抵抗感《ていこう》もなくなって、なんでも食べれるようになったよ……あ、でも一週間食べないとかもあったよ。水だけで何とか繋《つな》いでたね」

「……何と言うか、物凄《ものすご》いバイタリティーね。ほぼサバイバルじゃない」

「違うよ」

「え？」

「ほぼじゃない。全てがサバイバルだった。文字通り、生きるためには何でもやった。殺して、奪《うば》って、泥水《どろみず》もすすりながら、血反吐《ちへど》を吐《は》きながら、生きていたんだ」

「どうして……どうして、外の世界に？」

言うのは少しだけ躊躇《ためら》われた。あの出来事は僕にとってトラウマだ。人間の暗い部分を見てしまった忌《い》まわしい事件。あの三人のことを殺したいほど憎《にく》んでいるかと言うと、分からない……というのが現状だ。二年も経っているし、僕は五体満足で戻ってきた。でも、シェリーになら話しても良いと思った。

「学院にはパーティを組んで、安全圏《あんぜんけん》で狩《か》りをするシステムがあるだろう？」

「ええ……そうね」

「でもある時、リーダーが危険区域まで行ったんだ」

「それってまさか……」

「それで、僕は他の三人を逃《に》がすために囮《おとり》にされた。戻ってこれないようにご丁寧《ていねい》に結界まで張ってね」

「そんなことって……そんなの、人殺しだわッ!!」

「そうだね。そしてそこから僕の黄昏での生活が始まって、今に至る……かな」

「悔《くや》しくないの？」

「うーん……なんだかそう言う考えは失《う》せたよ。あの広くて恐《おそ》ろしい黄昏の世界を歩くと、全てがどうでも良いことに思える」

「強いのね……」

「まさか。僕は二年前は、Eランク対魔師。しかも学年では最下位の成績。主に、実戦技術がなくてね。特に魔法《まほう》はともかく、体を動かすのが苦手でね。致命的《ちめいてき》なまでに運動音痴《おんち》というか、センスがないというか……そんな感じだね。でも、黄昏に行ってからは生きるためにそれをなんとか克服《こくふく》できたけど」

「え……あれだけの技術があって、最下位？」

「あれは全て黄昏で身につけたものだよ。生きるために身につけた技術だ」

「……文字通り、覚悟《かくご》が違うわけね。あなたの強さ、ちょっと理解したわ」

「でも強くなりたいからって、黄昏に行こうとか……思ってないよね？」

「ッ……」

「図星か。どうせ、明日にでも危険区域にまで行くつもりだったよね？」

「分かるのね……」

「その顔は急いでいる顔だよ。二年前の僕にそっくりだ。だからこそ言わせてもらうけど、今のシェリーじゃ死ぬよ」

「……まだ足りない？」

「足りない。基本的な技術はあるけど、まだ黄昏の魔物、魔族《まぞく》には敵《かな》わない。特に、東に行けば行くほど魔物は強くなる。僕は運が良くて、そして偶然力を手にしただけだ。自分からあそこに行くなんて、止《や》めた方がいい」

「そっか……」

シュン、と落ち込むシェリー。何だか虐《いじ》めているみたいで少し可哀想《かわいそう》だと思った。ここまで強くなりたいと思うからには、何か特別な理由があるのだろう。

「僕が……」

「え？」

「僕が練習相手になってもいいよ。シェリーがいいなら、だけど」

「本当！　実はね、今日はずっとそれを言おうと思っていたの！」

「お……おう」

食い気味にずいっとこちらに寄ってくるので驚《おどろ》いてしまう。瞬間、女の子特有のふわっとした香《かお》りが鼻腔《びこう》をくすぐる。

「放課後！　放課後、約束だからね！　絶対よ！」

「う、うん……」

「正直、あなたの実力はSランク対魔師と同等かそれ以上……そんな人に稽古《けいこ》をつけてもらえるなんて、私はなんて運がいいのかしら！」

「ちょ、キャラ変わってる」

「いいのいいの！　あー、楽しみだわ！」

「あははは」

そして僕たちはしばらくこの場所で、適当に雑談に花を咲《さ》かせるのだった。平和な日々も悪くない、そう思うが……そうならないことを僕はすぐに知る。

「冷たぁ……」

頭上からばしゃああと水が落ちてくる。ポタポタと滴《したた》る水を見て、またか……と思った。ここに編入して一週間。どうやら僕はいじめにあっているらしい。最近は水攻《みずぜ》めが流行《はや》っているのか、至る所で水をぶっかけられクスクスという笑い声が聞こえる。

もちろん、躱《かわ》すこともできるがそれには色々と能力を使ってしまい、学院内では目立つのでこうして毎日冷水シャワーを浴びている。

おそらく原因はシェリーだ。

ここで生活をして初めて分かったのだが、シェリーはちょっとしたお姫様扱《ひめさまあつか》いらしい。学院長の娘で、しかもあの年でAランク対魔師。容姿も抜群《ばつぐん》。そんな彼女に唐突《とうとつ》に現れた変な男が纏《まと》わり付《つ》いている……そんな感じで、僕は標的となったらしい。でも今は実害らしい実害も出ていないいし、黄昏の世界のようにいきなり殺し合いになるようなこともない。放っておこう。いずれ時間が解決してくれる。そう思うも、この冷水シャワーを機に、事態はさらに悪化することになるのだった。


「はぁ……ねむ、ねむ……」

午後。僕は選択授業では主に座学を選択している。自分の強さを追求したいという想《おも》いもあるが、今は二年も抜《ぬ》けてしまった知識を補う必要がある。僕が二年ではなく、四年から編入できたのはその戦闘技能のおかげだ。つまり、知識的な意味では全く足りていない。僕は日夜本を持ち歩いて、勉強を繰《く》り返《かえ》している。休み時間も、昼休みも勉強。シェリーとは偶《たま》に一緒《いっしょ》に訓練をして、別れる。そんな生活を繰り返していると、どうやら僕は戦闘はからっきしのガリ勉だと評されるようになった。

冷水シャワーを浴びている時に、「調子に乗るなよ、ガリ勉ッ！」と言われたのでこの認識《にんしき》は確かだと思う。

　魔物よりも、魔族よりも怖《こわ》いのは人間である。僕はまた、人という生き物は本当にどうしようもないのだと思いながら、今日は予約している病院に行く。

「どうも。私はエルマ。よろしくね、ユリアくん」

「はい。今日はよろしくお願いします」

「極秘の患者《かんじゃ》ということらしいけど……あなたこれが本当なら途轍《とてつ》もない経歴ね」

「ははは……まぁ色々とありまして」

　第七結界都市にある中央病院。僕はここにやってきていた。その理由はこの右腕《みぎうで》の印。今は完全に右腕全てを覆《おお》っており、肩《かた》から手首まで巻き付くように赤黒い模様が絡《から》み付いている。

「それで、腕……だったわよね？」

「はい」

「見せてもらえる？」

「分かりました」

　そして僕は上着を脱《ぬ》いで、上半身裸《はだか》になる。すると、エルマさんが息をのむのが分かった。

「あなたそれ……黄昏症候群《トワイライトシンドローム》。しかも、レベル五じゃない。いや、それ以上かも……」

「黄昏症候群《トワイライトシンドローム》、レベルファイブ？　何ですそれ？」

「一年半前、学会で発表された新しい病気の名前よ。黄昏は人体に害である。その仮説が証明され、段階化されたのよ。ちなみにレベル五はすでに死ぬ寸前という意味よ」

「え！　僕死ぬんですか？」

「いや……レベル五の時点で既《すで》に人は意識を保てない。ゆっくりと穏《おだ》やかに、眠《ねむ》るように死んでいくわ。あなた、この状態になって何年経つの？」

「初めは肩から肘《ひじ》程度でしたけど、一年前にこの状態になりました」

「つまり……レベル五で一年以上生きているのね……驚異的《きょういてき》だわ……」

「その実は……一年前にクラウドジャイアントの里に行きまして、そこであることを教えてもらいました」

「クラウドジャイアントの里は気になるけど……何を聞いたの？」

「僕みたいな人は黄昏人《トワイライトザイン》と言うそうです」

「黄昏人《トワイライトザイン》ね……」

「なんでも、人には黄昏は毒だけど、稀《まれ》に魔族と同じように強化される個体がいる。それが黄昏人《トワイライトザイン》と定義していました。それに黄昏人《トワイライトザイン》は黄昏領域《トワイライトフィールド》に対抗《たいこう》できる唯一《ゆいいつ》の人間とか」

「なるほどね……黄昏人《トワイライトザイン》は初めて聞くけど、黄昏領域《トワイライトフィールド》は実は数年前からこちらでも定着している言葉よ」

「そうなんですか？」

「ええ。黄昏のレベルが上がると、分厚い魔素を纏《まと》う魔物が出てくる。それを黄昏領域《トワイライトフィールド》と言うの。でも学生レベルだと、まず出会うことはないけどね。それはAランク対魔師以上でないと対処できないし。いやもしかすると、黄昏人《トワイライトザイン》はSランク対魔師と同義なのかも。Sランク対魔師も、黄昏領域《トワイライトフィールド》には対処できると報告されているから。でも……どうして、共通の言葉で認識しているのかしら。もしかしたら、クラウドジャイアントの村に行った人間が色々と伝えたのかもね」

「そうかもしれません」

「とりあえず、黄昏領域《トワイライトフィールド》にまともに対応できるなら、あなたはきっとSランク対魔師レベルの技量があると考えていいわ。それは非常に貴重な能力だから」

「そうでしたか……実はこの本にも……」

そう言って僕はあの時、エドガーさんにもらった本を見せる。

「この本にさらに詳《くわ》しい記述があります。僕にはちょっと専門的すぎて理解できなかったのですが……」

「これ、借りても？」

「いいですよ。でも大切なものなので、無くさないでくださいね」

「わかったわ」

そのあとは、健康診断《しんだん》をしてから僕は自宅に戻ることになった。それにしても僕がいない間に、黄昏症候群《トワイライトシンドローム》なんて病気が解明されていたなんて……そして僕もまた、感染者《かんせんしゃ》であると……。

一体自分は何者になってしまったのか……その疑問は寝《ね》るまで尽《つ》きることはなかった。

早朝。パチリと目が覚める。と言っても朝日などなく、黄昏の光によって目が覚める。これはこの二年間で習慣となっている。夜になったら眠り、黄昏の光が出てきたら起きる。この習慣はもはや変えようがない。

そして僕はシャワーを浴びて、支度《したく》をすると足早に学院に向かうのだった。

「ユーリーアーくん」

「ん？　あぁこれは、ソフィアさん。おはようございます」

「来るの早いね〜」

「ソフィアさんもね」

「今日は偶然目が覚めちゃってね～」

「なるほど」

「で、相変わらず勉強？」

「まぁ……そうだね。僕はバカだから」

「……私ずっと思ってるけど、ユリアくんって本当はただのガリ勉じゃないでしょ？」

「……どうして、そう思うの？」

「雰囲気《ふんいき》というか、ちょっと私たちと違うなぁーって。お父さんに似てる……かな」

「お父さん？」

「私のお父さんね、Sランク対魔師なの」

「え！　それはまた……すごい話だね」

Sランク対魔師。それは人類の希望と言われている。その地位にたどり着くには単身で結界都市を守れるほどの力がいる……とまで評されている。実際に現在の人類には、Sランク対魔師は十二人しかいない。Aランク対魔師や他の対魔師とは、文字どおり格が違う。Sランク対魔師は一人で戦略兵器に値すると言われているほどだ。

そんな人が父親だなんて、ソフィアさんは色々とすごい家系なんだなぁ……と思っていると予想外の切り込みを受けることになる。

「ユリアくんの雰囲気……すごーくお父さんに似てる」

「え？」

「ずっとピリピリしているというか、なんというか。ユリアくんはのほほんとしていて、とても可愛《かわい》らしい顔をしてるけど、ふとした時に出るあの鋭《するど》い目つき。とってもお父さんに似てる。ねぇ、何か隠《かく》してるでしょ？」

「い、いや……別に？　僕はただの対魔師の端《はし》くれだよ……」

「本当に～？　怪《あや》しいなぁ……」

「……」

だらだらと冷《ひ》や汗《あせ》が出る。ソフィアさん、なかなか直感が鋭いみたいだ。これは何とかして隠し通《とお》さないと。そして瞬間、顔面に圧を感じる。

「……ッ！」

「ほら、やっぱり。私の思った通りだね」

僕は首をわずかに傾《かたむ》けて、ソフィアさんが繰り出《だ》した剣による一閃《いっせん》を躱した。確か彼女はＢランク対魔師で、かなり優秀な人間だ。でも本気ではなく、殺す気もなく、ただ試《ため》している……そんな感じの軌道《きどう》だった。

「何のつもり？」

「やっぱり。ユリアくん、強いでしょ」

「偶然だよ」

「嘘《うそ》。剣を抜く瞬間にもう避ける動作に入ってた」

「……」

見抜《みぬ》かれている。

僕は彼女の手が腰《こし》に触れた瞬間、わずかに殺気を感じた。

黄昏の世界では日常だった、あの殺気だ。あの瞬間、鉛筆を落としたとか芝居《しばい》をしてごまかすこともできた。彼女が動作をする前にそれも可能だった。でも咄嗟《とっさ》のことで、体に染《し》み付いている動きが出てしまった。

「ユリアくんが隠したいなら黙《だま》ってるけど、いつか白日の下《もと》に晒《さら》されるよ。君の実力は人類の希望になり得る。十三人目のSランク対魔師になれるよ」

「……」

そこで僕たちの話は打ち切られた。というのも、他の生徒がぞろぞろと教室にやってきたからだ。

どうにも嫌《いや》な人に目をつけられた……僕はそう思って少しだけ肩を落とす。でも次の日から僕はさらに激動の日々に巻き込まれることになるのだが……そんなことは今は夢にも思っていなかった。

ばしゃああ、と再び頭上から水が注がれる。もう慣れてしまったが、その頻度《ひんど》が高くなっている気がする。

「はぁ……冷たいなぁ……」

中庭を歩きながらそのまま進んでいく。どうやらこれをやっているのは同じメンバーらしく、遠目に僕を見てニヤニヤしている。おそらく、何も反抗《はんこう》しないからエスカレートしているのだろう。ここら辺で、少し説教の一つでもしてやりたいが僕は何より目立ちたくなかった。

多分、自惚《うぬぼ》れかもしれないけど僕はこの学院でもかなりの強さを持っている。黄昏で二年間生きるというのはそういうことだ。でもその強さを誇示《こじ》したくない。それは孤独《こどく》になりたくないという理由からくるものだった。正直言って、黄昏での二年間は孤独だった。毎日死に怯《おび》え、ただただ苦痛の日々だった。だからこそ、今は誰《だれ》かと関《かか》わっていたい。

もし、僕がこの力を誇示すれば人は離《はな》れていくだろう。シェリーを見れば、良く分かるが彼女の場合は孤独に慣れている。でも僕は結局は弱い人間だ。いくら戦闘技能が上がろうが、その心は二年前とそんなに変わっていないのかもしれない……そう思うと、僕はこの状況《じょうきょう》を甘《あま》んじて受け入れるしかなかった。

第三章　学院での日々

「ふぅ。疲《つか》れたぁ……」

放課後。と言ってももう夜だ。黄昏ではなく、暗闇《くらやみ》が支配する時間だ。月明かりは存在するも、それでも暗いものは暗い。僕《ぼく》は図書館で遅くまで勉強をしていたが、そろそろ帰ったほうがいいと思いそのまま出ていくが……。

見られている？

そう感じたのは気のせいではない。野生の獣《けもの》に見られているような、そんな感覚。既視《きし》感《かん》がある感覚。それは黄昏で出会った魔族と同様か、それ以上のものだ。

まさか、結界都市内に魔物、魔族がいるのか？

僕は最悪の状況を想定しながら、視線を追うようにして外に出ていくのだった。

「ここは」

やってきたのは公園。

何の変哲《へんてつ》もない場所である。

しかし、あの視線は僕をここに導くようにして連れてきた。

罠《わな》かもしれないという思いはあったが、あれほど殺気を込めた視線を無視できるほど僕は平和ボケしていなかった。結界都市に戻ってきて、少しだけ平和を享受《きょうじゅ》していたが思い出してきた。僕は、僕たちはあの黄昏《たそがれ》と戦って、土地を取《と》り戻し、光を取り戻す必要があるのだ。

「……ッ！」

背後に殺気。というよりもそれは、突然《とつぜん》出現した。刹那的《せつなてき》な出来事だが、僕はそのまま体を伏《ふ》せるようにして丸めると前に転がっていきとりあえずは距離を取る。僕の頭上を通り過ぎていった剣筋は明らかに異常なほど鋭いものだった。

「ほぉ、今のを避けるか。情報どおりだな」

「人間？」

「さて、お手並み拝見といこうか」

目の前にいる男性。

それは知らない人間。

でも、一目で強いということはわかる。

黒髪短髪《くろかみたんぱつ》、それに顔には髭《ひげ》を蓄《たくわ》えており、想像するに三十代くらいだろうか。だが特筆すべきは、分厚い筋肉に覆われた体に、持っている大剣を鋭い速さで振《ふ》り回《まわ》す技量。大剣を持つ対魔師はいる。だが求められる技量は異常なほどに高い。確かに一撃《いちげき》は重いが、取り回しが悪すぎる。魔物との連戦を考えれば、ブロードソードが最も効率がいい。だというのに、この男はこの大剣……おそらくバスタードソードだろうが、それをまるでブロードソードのように軽《かろ》やかに振るっていた。

「誰だ？」

「それは終わってから話してやるよッ！」

眼前。再び、バスタードソードが振るわれる。あまりにも速い。これほどの速さを実現する肉体性能、さらには剣技《けんぎ》にはただただ感嘆《かんたん》するばかりだ。

バスタードソードは両手でも片手でも使用できる長剣《ちょうけん》で、一・二〜一・四メートルほどの長さが普通だ。でもこの男のそれは一・五メートル以上はある……いや、ということは、クレイモアか？　リーチが長すぎるし、慣性制御《せいぎょ》も使っているのか切り返しが速い。

「くッ」

舌打ちをして、僕は胸ポケットに入れているナイフを取り出すと不可視刀剣《インヴィジブルブレード》を発動。そして真正面からその剣を受け止める。

「おっと！」

身体強化をさらに引き上げる。そして相手の攻撃《こうげき》を真正面から受け止める。確かに重い剣ではあるが、今の僕ならばこの不可視刀剣《インヴィジブルブレード》で受け止めるのは造作もないことだった。

そして自分の剣を受け止められて驚いたのか、相手はこう告げた。

「……やるな。俺《おれ》の剣を真正面から受け止めたのは、お前が二人目だ」

「それはどうも……」

何故か褒《ほ》められたので素直《すなお》に受け取ってしまう。しかし僕たちは戦っているのだという事実を改めて認識する。

スッ……とスイッチを入れる。これは戦闘《せんとう》をするとき特有の感覚だ。あの黄昏で生死をかけた戦いをするときになる感じ、所謂《いわゆる》「ゾーンに入る」というやつだ。

そして僕は集中して、相手との距離《きょり》感を測る。距離にして、十メートル前後……不可視刀剣《インヴィジブルブレード》の射程はいけるか？　伸《の》ばすこともできるが……ここはあれで行こう。

そして地面を思い切り蹴《け》り出して……駆《か》け抜けるッ！

「速ぇえなッ！」

ブンッと大剣を振るうも、僕は体を低くしてそれを躱す、そして不可視刀剣《インヴィジブルブレード》を下から喉《のど》めがけて突《つ》き刺《さ》すようにして一閃。だがそれは大剣による防御《ぼうぎょ》で防がれてしまう。ならば……。

そう考えて、左手の小指から不可視刀剣《インヴィジブルブレード》を発動。

「くそッ！　指先からも発動できるのかよッ！」

「……」

見えている？　それに発動できる？　前者は相手が何か知覚系の能力を持っていると仮定。しかし後者は良くわからない。僕の不可視刀剣《インヴィジブルブレード》のことを知っているのか？　一体どこで？

そしてどうやら僕の不可視刀剣《インヴィジブルブレード》は見えているようで、僅《わず》かな動きで躱されてしまう。しかしたとえ見えていたとしても、次は取れると確信していた。

この戦闘自体は確実に僕の方が有利だと理解していた。相手も焦《あせ》っているのか、先ほどから剣の振りに迷いが生じているのが分かる。

僕はそのまま慣性制御を使って不可視刀剣《インヴィジブルブレード》を切り返し、腕《うで》を切《き》り裂《さ》くように振るうも

……次の瞬間《しゅんかん》、目の前に氷の壁《かべ》が生成されたのだ。

たまらず後ろに下がってしまうが、殺気が一気に落ち着いた。張《は》り詰《つ》めた雰囲気が緩和《かんわ》して行くのを感じる。この人は一体……？

「そこまでよ、二人とも。やり過ぎよ、ギル。もう少しで殺されるところだったじゃない」

「はッ、まだまだ。俺はまだ奥《おく》の手《て》がある」

「それはこの子も同じでしょ。明らかに今の、腕の一本は飛んでいたわよ」

「ぐ……まぁ、やばかったのは確かだな……」

急に氷の壁が現れたと思ったら、次に現れたのは女性。灼《や》けるような真っ赤な髪《かみ》をしており、その立《た》ち振る舞《ま》いはどこか上品なものだった。でもこの人の顔どこかで……。

「あ……確か、シェリーとの試合を見ていた人ですよね？」

僕は自身に治癒魔法《ちゆまほう》を施《ほどこ》しながら、そう尋《たず》ねた。今はもう殺気はない。だからこそ、いつも通り穏やかにいく。

「あら？　覚えていたのね、ユリアくん」

「えっと……お二人は？」

「俺はギル。Sランク対魔師だ」

「私はクローディア。同じくSランク対魔師よ」

「え……」

呆然《ぼうぜん》とする。

思えば、あの技量はただの対魔師のものではなかった。僕ももう少しで本気で殺し合いをするつもりだったのだ。でも、Aランク対魔師であるシェリーには勝っているから、本気になる相手といえばSランク対魔師しかいない……そう考えると少しだけ腑《ふ》に落ちた。

「黄昏で二年も生きた……俄《にわ》かには信じ難《がた》いが、この実力を見るにマジっぽいな。おいクローディア、お前戦闘時間どれくらいだ？」

「さぁ……千時間は超《こ》えてるんじゃない？」

「俺もそれくらいだが……二年というと、こいつは一万七千時間以上は黄昏にいたことになる。さすがに俺たちの十倍以上の強さを持っているとは思わねぇが……お前のいう通りだったな」

「だから言ったじゃない。強いって」

「だからもう少し詳しく言えよ」

「だって私も彼《かれ》の本気、見たかったんだもーん」

「何がだもーんだ。アラサーのババアが」

「ちょ！　まだ二十七歳《さい》ですけど！」

と、二人のやりとりを呆然と見つめていると再び声をかけられる。

「さて、お前は合格だな。あいつに会わせてやるよ」

「だ、誰にですか？」

ギルさんがそう言うも、あいつとは？　一体誰のことだ……？

「Sランク対魔師、序列第一位。人類最強の男、サイラスだ」

そして僕は人類最強のSランク対魔師と直接会うことになるのだった。

二人に連れられて来たのは、小さな家だった。街の中心からは外れ、どちらかと言えばこの結界都市を囲んでいる大きな壁に近い場所。

「じゃ、俺たちはここで」

「頑張《がんば》ってね～、ユリアくん。また会えたら会いましょう？」

「え、ちょ……！」

そして僕はたった一人、置いていかれてしまった。

え、これからどうしろと？

特に説明もなく連れてきて、放置。一体僕はどうしたらいいんだ……。そう考えていると、中からドタドタと音が聞こえてきてガチャッと扉《とびら》が開く。

「あぁ……これはこれは、お待たせしてすまないね。さ、ユリアくん。入って欲《ほ》しい」

「え……その……お邪魔《じゃま》します」

僕が言われるがままに中に入ると、そこは人が生活しているとは思えないほど簡素な場所だった。椅子《いす》と机だけがある。そして隅《すみ》にはベッド。あとは何もない。人が暮らしている感じもしない。

「さ、紅茶だよ。どうぞ……」

「ありがとうございます」

このメガネをかけた男性は誰なのだろう？　身長は百七十センチ台半ばで僕と同じくらい。髪は長い黒髪《くろかみ》を一つにまとめ、三つ編みにしている。

そしてとても優《やさ》しい顔で微笑《ほほえ》み、声、挙動だけでもこの人となりがある程度分かる。

と言っても、僕の主観でしかないがとても優しいと……そう思った。

「ごめんね、急に来てもらって」

「いえそれで……サイラスさんがいると聞いて来たのですが」

「僕がサイラスだよ。初めまして、ユリアくん」

「え……あなたがサイラスさんですか？」

「うん。驚いた？」

「その……失礼かもしれませんが、もっと強面《こわもて》な人を想像していました」

「ははは、よく言われるよ。他のSランク対魔師にも、シャキッとしろとよく言われるよ」

「えと……本当に序列第一位のサイラスさんですか？」

「仰々《ぎょうぎょう》しい肩書きだけど、一応そうだね。よろしく、ユリアくん」

「はい……」

テーブル越《ご》しに握手《あくしゅ》を求められるので、ガシッと握手を交わす。とても細くて、薄《うす》い手だ。とてもSランク対魔師のものとは思えない。でもこの人が嘘を言う理由もないだろう。人の強さは見ただけでは測れない。それは僕も重々承知している。でもこの人類の中で最も強い人間だとは……思えなかった。それほどまでに、彼に対する印象はただの優しい人……というものだった。

「薄い手だろう？」

「そ、そうですね」

「ユリアくんはがっしりしている。それに厚みがしっかりとある。二年間も黄昏で生き抜いたのは伊達《だて》じゃないね」

「信じてくれるんですか？」

普通《ふつう》は黄昏に二年も居たなどという話は、夢物語だ。もしくは、ただの妄想《もうそう》。でもこの人はしっかりと僕の目を見据《みす》えてそう言ってくる。

「悪いけど、君のことは調べたよ。二年前は第三結界都市で学生だった。成績は最下位。特筆すべき技能もない。筆記の方はまぁまぁだけど、戦闘技術が壊滅的《かいめつてき》。絶望的と言ってもいいね。パーティでは主にヒーラーとして参加。それが二年でSランク対魔師レベルに成長する。あり得るわけがない。でも、黄昏で二年も生きたと言えば、信じられる。それに僕も君と同じさ……」

そう言ってサイラスさんは右腕を晒す。

「黄昏症候群《トワイライトシンドローム》、レベル五……」

「そう、Sランク対魔師はほとんどが黄昏症候群《トワイライトシンドローム》という病に侵《おか》されている。中には全くと言っていいほど体調に影響《えいきょう》のない人もいるけど、僕も君と同じさ」

「そう……ですか。それで、何か用事があって僕をここに？」

「君には十三人目のSランク対魔師になって欲しい」

「僕が？」

「そう、君だ。君にはそれだけの実力がある。自分でも分かっているだろう？　自身の能力の高さは」

「……それは」

知っているとも。確かに僕は強くなった。でもやはりそれは、戦闘技術だけだ。心の強さは成長していない。僕はただの……ただの人間だ。黄昏で偶然《ぐうぜん》生き残っただけの、ただの子どもだ。

「嫌なのかい？」

「僕にはその資格があると思えません……」

「ふむ。なるほど……いや、確かに急な話だ。でもこちらとしても君ほどの実力者を遊ばせておくわけにもいかないんだ。それで提案だが、第一結界都市への遠征《えんせい》に護衛としてついて行ってくれないか？　といっても学生の君が参加するには、学生選抜《せんばつ》に残る必要がある。こちらとしても、君をいきなり護衛に抜擢《ばってき》するわけにもいかないからね。体面上、色々とあるわけだ」

「遠征……ですか？」

「実は今、王族の方が各都市の視察に回っている。この第七結界都市で最後だけど、第一結界都市に戻《もど》るために護衛がもう少し欲しい。今は各都市で優秀《ゆうしゅう》な人材を精査しているところなんだ。それに、後続を育てるためにも黄昏を超えて別の結界都市に行くことはとても貴重だ。今後、高位の対魔師として生きて行くのなら、都市間の移動はさらに多くなる。さて、どうする？」

「……」

もともと、僕は立派な対魔師になり、この世界を黄昏から解放したいという目標があった。でもそれは遠い目標だから、ずっと夢を見ていられた。心地《ここち》よかった。夢を見るというのは、とてもいいことだ。夢のために頑張れる。前に進める。どんな苦しい状況でも、立ち向かえる。でも僕は違《ちが》った。僕はただ……夢を見ることで現実から逃《に》げたかったのだ。

そう、僕は逃げていた。そしていざ……自分が人類最後の希望と評されているSランク対魔師になれると知って……手放しに喜ぶことはできなかった。

僕には何が足りないのだろうか？

でも、それでも、迷っているとしても僕は……進みたいと思った。人類は人魔大戦に敗北してから何も進んでいない。後退もしてないし、前進もしていない。ずっと旧態依然《きゅうたいいぜん》のままだ。そんな状況に僕が……僕に、何かできるなら……やってみたい。

心の準備ができてからじゃ遅《おそ》い。進みながら、迷いながら、惑《まど》いながら、苦しみながらも、僕は……。

「……人類はそろそろ進まないといけない。後続も十分に育った。今こそ、反撃《はんげき》の時なんだ。この世界の土地を、そして光を取り戻す時だ。協力してほしい」

「……分かりました。護衛の件、了解《りょうかい》しました」

「学生選抜は確か、明後日《あさって》からだ。飛び入りの参加も許可している。ちなみに、試験官は僕がする。特別扱《あつか》いはしないけど、君なら残れると信じているよ」

「ご期待に添えるように……頑張ります」

「君とまた逢《あ》えることを楽しみにしているよ」

僕はサイラスさんとの話をそこで打ち切って、寮《りょう》へと戻った。

「……Sランク対魔師かぁ」

ここまで来たという実感はなかった。ただガムシャラに生きて来て、戻って来たら急にSランク対魔師になれと言われる。喜びよりも戸惑《とまど》いが大きい。いや、喜びなどない。僕にあるのは、自信のなさだけだ。

こんな自分に人類を守る資格があるのか？

人類最後の希望と呼ばれるほどの、人格を備えているのか？

そう考えれば考えるほど、自分がちっぽけな人間に思えてくる。僕はただ……仲間に見捨てられ、黄昏に二年間いただけの子どもだ。そういう評価しか、今の僕にはできなかった。

「ユーリーアーくん！」

「うぉ……て、ソフィアさん？　どうしたのこんな所で」

「こんなところって、ここ女子寮《じょしりょう》じゃん」

「あ……それもそうだね。ごめん、すぐに部屋に行くから。男が彷徨《うろつ》いていたら嫌だよね」

「お父さん……」

「え？」

「お父さん、強かったでしょ？」

「まさか……」

「うん。ユリアくんのこと、お父さんにちょっと話しちゃった」

「ギルさんはソフィアさんのお父さんなのか……」

「でも家にはあまりいないけどね。都市間の移動が多いし、黄昏での戦闘も多い。今はちょうど帰って来てるけど。で、ユリアくんのこと話しちゃいました。てへ……」

「てへ、じゃないよ……全く」

「で、Sランク対魔師になるの？」

「……勧誘《かんゆう》はされたよ。でも迷ってる」

「迷う？　それだけの力があるのに、何を迷うの？」

「……ソフィアさん？」

「君には力があるんだよ？　それを人類のために振るわない理由はないでしょう？　あいつらを、魔族《まぞく》を皆殺《みなごろ》しにできる力が君にはあるでしょ？」

「……皆殺しなんて無理だ……それに、魔族の中にはいい人もいるよ」

「嘘ッ！」

「……どうしたの、ソフィアさん？」

どうもさっきから様子がおかしい。なぜ彼女《かのじょ》は、僕をSランク対魔師にしたがるのか。

何か特別な理由でもあるのだろうか。

「ごめん……もう行くね」

「うん……」

そこに残ったのは、夜の静寂《せいじゃく》だけだった。

自室に戻る。今日は本当に疲れた。Sランク対魔師のギルさんと戦い、そして序列第一位であるサイラスさんに出会った。人類最強の対魔師である人に認められているのは間違《まちが》いない。だからこその、重圧。そして迫《せま》る学生選抜戦《せんばつせん》。

学院にいる生徒は良くも悪くも、自分に自信がある人が多い。しかも、学生選抜戦に出るとなると間違いなく、実力と自信のある人材が出てくるに違いない。

不安だった。実力的な意味ではない。精神的な意味だ。思えば、黄昏から戻って来て僕は何かよく分からない感覚に襲《おそ》われていた。あの黄昏での生活が嘘のように平和。恐《おそ》れることはない。ただ学院に行って、勉強して、帰るだけ。それだけで十分だというのに、僕は確かな焦燥感《しょうそうかん》を覚えていた。

「……ただいまぁ」

誰もいないのは知っている。でも第三結界都市で寮暮らしをしていた時から、これは癖《くせ》のようなものだ。いないと分かっていても、言いたくなる。

でも、今回は違った。室内に誰かいるのだ。

「え……」

「あ……」

そうそこにいたのは、シェリーだった。しかも……裸の。いや厳密には前にはタオルを持っているので全《すべ》ては見えていない。それでも艶《なまめ》かしい肌《はだ》と、髪から滴《したた》る雫《しずく》はとても扇情《せんじょう》的《てき》なものに思えた。

「え、ちょ……は！」

戸惑いを見せる僕だが、すぐに部屋を確認《かくにん》する。うん。隅っこの部屋だし、ここはまちがいなく僕の部屋だ。室内にある質素な家具も間違いなく見覚えがある。ならばなぜ……この部屋に裸のシェリーがいるんだろう……。

「違うの……ッ！」

「えっと、何が？」

「その……実はここに忘れ物をしていて……」

「えっと隣《となり》の部屋なのにここに忘れ物？」

「……ユリアがいない間、空室だったから物置代わりにしていたの。それで……」

「うん……」

「で、ちょっと物を運ぶのに汗をかいたから……」

「うん……」

「ついでにシャワーでもって……」

「いや、自分の部屋で浴びなよ」

「だ、だって！　すぐに入りたかったんだもんッ！」

「分かったよ。分かった……でもとりあえず、服を着てほしい。お願いだ……」

「あ……」

その声と共に、パサリとタオルが落ちる。僕はスッと目をそらすと、そのまま部屋の前で待機するのだった。

「い、いやあああああッ!!」

その豊満な胸と、しなやかに伸びる肢体《したい》を見ることはなかった。うん、全くなかった。いや……本当だよ？

「お騒《さわ》がせしました……」

「いや別にいいよ。晩御飯《ばんごはん》もご馳走《ちそう》になってるし」

僕はシェリーの部屋におり、こうして手料理を振る舞《ふま》ってもらっている。どうやら、シェリーは自炊《じすい》派の人間のようで毎日料理しているとのことだ。

「美味《おい》しい？」

「むぐむぐ……美味《うま》い、美味すぎるよッ！」

「そう。なら良かった」

メニューはハンバーグとコーンスープと付け合せのパン。しかし、パンもまた手作りということでかなり驚《おどろ》いた。シェリーの料理の技量にはただただ尊敬を覚える。僕の場合はサバイバル的なものしかできないので、純粋《じゅんすい》にすごいと思う。黄昏にいた頃《ころ》は、焼くか煮《に》るの選択《せんたく》しかなかったので非常に参考になる。

「ユリアは明後日の選抜戦に出るの？」

「出るよ……」

「意外、てっきり出ないものだと思った」

「まぁ……色々あってね」

本当は出る気は無かった。選抜戦は出ない学生もそれなりにいるが、それでも見に来るようで、一種のお祭り騒ぎになるらしい。二年前から恒例《こうれい》の行事らしいが、僕はちょうどその頃から黄昏にいたので知らなかった。

毎年、第一結界都市に行けるのは各都市から数名のみ。そして黄昏を移動しながら、実戦訓練をして最後には王族に謁見《えっけん》できるらしい。

王族。それは特別な血統を持つ人だが、詳細《しょうさい》は明かされていない。彼らもまた、人類にとっての希望だと言われているがその詳細は分からない。知っているのはおそらく、側近の人間とSランク対魔師のみ。

だからこそ、選抜戦は盛り上がる。選ばれるということは、この人類を背負うに値《あたい》する人間だと言われているようなものだからだ。

「そう言えば、シェリーは選抜に選ばれたことあるの？」

「……まだよ」

「それこそ意外だね。シェリーの実力なら、絶対に選ばれていると思った」

「私が強くなったのはここ一年だから」

「……昔から強いわけじゃ無かったんだね」

「そうね。ずば抜《ぬ》けた技量も特に無かった。だから私は努力に努力を重ねて、Aランク対魔師にまで上《のぼ》り詰めたの。そういう意味では、ユリアと似ているわね」

「意外な共通点だね」

「ふふ……そうね」

そしてしばらく雑談をしていると、再び選抜戦の話に戻る。

「ユリアはあれ、見せるの？」

「不可視刀剣《インヴィジブルブレード》のこと？」

「ええ。あれが使えれば、絶対に残れるでしょ」

「……迷ってはいる。明後日は普通にブロードソードでも持ち込もうかと思っているけど……」

「ユリアは目立ちたくないのよね？　だって、あなたは私を打ち負かしたって転入初日に言いふらすこともできた。私も否定する気はなかったし。でも、あなたはひっそりと学院生活を送っている。虐《いじ》めまがいのことをされても、受け入れてる」

「気がついていたの？」

「みんな知っているわよ。あなた、なんて言われているか知ってる？　ガリ勉の女装野郎《やろう》よ？」

「おぉ……それはまたすごい評価だね。でも別に間違ってないからなぁ……女装はちょっと違うけど」

「見返してやろうとか、思わないの？　あなたが受け入れてるから黙っているけど、正直むかつくのよね。同じ人間を攻撃して何になるの。私たちは、黄昏で戦うためにここにいるのに……」

「それは分かっているけど……まだ現実感がないというか……あの黄昏の世界はそれ程ま

でに強烈《きょうれつ》すぎた。僕はあの生死を彷徨う世界が全てだった。だから今は……また戸惑ってる。それに虐めの件もそうだけど、僕はみんなに怖《こわ》がられるのが怖い。僕の持っている力はそういうものだと……思う」

「ばっか、じゃないの！」

「え……？」

ガタッと椅子から立ち上がるシェリー。その目は憤怒《ふんぬ》に満ちていた。

「あなたの力は恐怖《きょうふ》の対象じゃないわッ！　尊敬すべき代物《しろもの》よッ！　黄昏の世界で二年も生きて、地獄《じごく》のような日々を生き抜くために身につけた、言葉じゃ表現できないほどの凄《すご》いものよッ！　だから……だから、そんなに人を怖がらないで……少なくとも、私はあなたを尊敬しているわ」

「シェリー……」

ぎゅっと僕の手を握《にぎ》ってくれる。それが確かな人の温かみを伝え、僕は生きているのだと実感する。

ただ僕は怖かったのだ。黄昏人《トワイライトザイン》となって、異形の力を身につけて、人とはかけ離れた存在になった。普通の人間は、黄昏が毒になる。一方の魔族は、黄昏が力になる。でも僕は……黄昏によって力を手に入れた。

だからこそ思う。僕は人間ではなく、もはや魔族に近い存在なのではないかと。今までは見ないふりをしてきた。知らないふりをしてきた。この右腕《みぎうで》を見るたびに、僕は自分が何者なのか分からなかった。

でもシェリーは言う。僕の力は尊敬すべきものだと。嬉《うれ》しかった。やっと誰かに、認めてもらえた気がした。帰ってきてよかったと思えた……初めてそう思えた……。

「シェリー、僕の右腕を見て欲しい」

「それって……」

「黄昏症候群《トワイライトシンドローム》、レベル五。いやそれすら超えているかもしれない。もう一年以上もこの状態だから。だからこそ、僕は自分が人間ではなく、異物になったと思っていた。シェリー、僕はまだ人間なのかな？」

「……人間であるかどうかはそんな、外側で判別するものじゃないわ。人間とは、その心の在り方よ。魔族に立ち向かう意志があるのなら、人類のために戦う意志があるのなら、人としての心があるなら、あなたは間違いなく人間よ」

「そうか……いや、僕は誰かにそう言って欲しかったのかもしれないね。でももう、進む時だろう」

「……覚悟《かくご》は決まったの？」

「あぁ。僕は人間だ。人類のために、戦うよ」

「少し可笑《おか》しな言葉だけど、あなたが私たちにとって……黄昏を切り裂く光になってくれたら……なんて、ちょっと詩的かしら？」

「僕は好きだよ。そのポエム」

「ちょ！　ポエムって言ったら途端《とたん》に恥《は》ずかしいじゃない⁉　やめなさいッ！」

「ははは……ポエマーだね。実はノートにまとめていたりとか？」

「なぜそれを！　見たの⁉」

「え……まじ？」

「カマをかけたわねえぇえッ！」

他愛《たわい》のないやり取り。だけどそれはどこか心地の良いものだった。

◇

そして時はやってきた。今日は第一結界都市への遠征をするための、学生選抜者を決める日だ。日程としては数日に分けてやるのかと思ったが、一日で終わらせるらしい。今は演習場に五十人程度集まっている。一学年に百人生徒がいて、六年制なので全体では約六百人。十二分の一程度の数だが、それは例年よりも少ないらしい。どうにも年々参加者が少なくなっているというか、ハードルが高くなっているみたいだ。

「みなさん、初めまして。今回の選抜戦は私が担当することになりました。Sランク対魔《たいま》師《し》、序列第一位のサイラスと申します」

その声を聞いた瞬間、周囲にざわめきが広がる。

「あれが序列第一位」

「人類最強の男か」

「流石《さすが》の貫禄《かんろく》、でも少し普通って感じもする」

感想は様々だったが、今日は以前会った時よりも雰囲気《ふんいき》がある。スーツを身につけているせいもあるかもしれないが、僕には彼が何かを期待してるような……そんな気がした。

「ではまずはそうですね……数が多いので、減らしましょう」

ちなみに毎年やってくるSランク対魔師は違うようで、今回が偶然サイラスさんだったようだ。そのため、試験内容は多岐《たき》に渡《わた》る。対策を立てようにも、その人の裁量で決まってしまうのでこちらとしては、何にでも対応できるようにする……というのがシェリーから聞いた話だ。

「このトラックをトップの方が四分の三ほど走ったら私がスタートします。それで私よりも早くゴールできれば、とりあえず一次試験は合格です。もちろん、強化魔法《まほう》の使用はオッケーです。私も使いますので。それと妨害《ぼうがい》はなんでもありです。魔法でもなんでも、構いません。一人を狙《ねら》い撃《う》ちしても、良いですよ」

再びざわつく。だが今回は試験参加者というよりも、これを見にきている野次馬《やじうま》の方がざわついているようだった。

「ねぇ、ユリア。これってかなり有利じゃない？」

「……いや油断は禁物だ」

そう、ここにあるトラックは一周百メートルのもの。つまりは残り二十五メートルになったら、サイラスさんはスタートするのだ。普通ならばあり得ないものだ。追いつけるわけがない。でも人数を減らす、というからには間違いなく脱落者《だつらくしゃ》が出るのだろう。

そしてそれぞれがスタート位置につく。嫌《いや》なことに僕《ぼく》をいじめの標的としている奴《やつ》らが、隣に固まっている。さらにはニヤニヤしながらこちらを見ているからには……やってくることは容易に想像できる。でも妨害行為《ぼうがいこうい》をするなとは言われていない。

だがもう甘《あま》んじるのは止《や》めよう。今の現状を、自分自身を恐れるのは、もう終わりにする必要がある。

「はい。ではよーい。スタートです」

少し気の抜けた声でサイラスさんがそういうと、全員が地面を蹴りその場から駆け出《だ》す。

予想通り、隣にいた奴らは僕を囲みさらには服を引っ張って転倒《てんとう》させようとしてくるが……そんな程度じゃ、僕は揺《ゆ》るがない。

そして僕がそのまま突き進《すす》んでいくと、周りの生徒は躊躇《ちゅうちょ》なく僕に向かって魔法を放ってくる。でもその程度では妨害にもならない。

右手の人差し指を起点にして、不可視刀剣《インヴィジブルブレード》を発動。そして僕はその魔法ごと切り裂いていく。側《はた》から見れば、僕が指先で魔法を無効化しているようにも見えるだろう。

そして僕のそんな技術に、周囲は驚いた声を上げるが……僕はそのままトップスピードに入るので、その声は徐々《じょじょ》に遠くなっていく。

「え……は！」

「おい、どうなってるんだ！」

「分からない……あいつは、ガリ勉じゃないのか！」

瞬間。僕はいつものようにスイッチを入れるとそのまま全身を強化して、大地を踏《ふ》みしめる。先ほどは中間グループにいたが、もう少しでトップグループに入りそう……いや、このままぶっちぎりでいける。

その間にも、妨害はさらに行われる。

もはや、自分の順位はどうでも良いのか、それとも僕を落とせればそれだけでいいのか、周りの生徒は次々と僕に魔法を放ってくる。

足元を氷で凍《こお》らせようとしたり、電撃《でんげき》で体を麻痺《まひ》させようとしたり、全身に火傷《やけど》を負わせるつもりなのか炎《ほのお》を上から注いできたりと、もはやなんでもありの状態だった。

でもそれを難なく知覚すると、走りながら不可視刀剣《インヴィジブルブレード》で切り裂いていく。この不可視刀剣《インヴィジブルブレード》は、魔素を吸収できるという特徴《とくちょう》がある。それは、魔物《まもの》の黄昏領域《トワイライトフィールド》に対しても有効だが、魔素がそこに存在するのならば、魔法自体にもこの不可視刀剣《インヴィジブルブレード》は効果がある。

そして次々と放たれる魔法を吸収し、その残骸《ざんがい》となった魔素を切り裂いて、完全に無効化していく。現在は蓄積《ちくせき》した魔素の量が一定値を超えて赤黒く可視化している。

「なんだ……あの赤黒いのは！」

「あれが魔法を無効化しているのかっ！」

可視化したとはいえ、別に問題はない。僕は淡々《たんたん》と魔法を無効化すればいいだけなのだから。

もう一段階ギアを上げると、半周する頃にはすでに僕はトップだった。それを見て、周囲の参加者と見にきている生徒が何やら騒《ざわ》ついている気もするが、今の僕には何も聞こえない。今、音はいらない。ただ体を動かして、誰《だれ》よりも早くあのゴールにたどり着くだけだ。

そしてサイラスさんのスタート位置である四分の三まであと数歩。僕のせいでハードルが上がっているだろうが、黄昏に行くということなら、この程度の身体技能がなければ話にならない。

「では、スタートしますね」

サイラスさんはそう言って、地面を駆《か》け抜けた。すると、たった数秒で半周しすでに後続を捉《とら》え……そのまま彼は後続を次々と飲み込んで行く。

だがその間に僕は余裕《よゆう》でゴール。そのあとにシェリー、それにソフィアさんも続いてゴール。さらに数名が続く。

「うおおおおッ！」

僕を虐めているであろう主犯格の男子生徒。あとは彼だけだった。彼は最後の雄叫《おたけ》びをあげて、後ろから迫り来るサイラスさんから必死に逃げている。

残りの人間は抜かされてしまい、その場に信じられないようなものを見たような目で座《すわ》り込んでいる。

そして件《くだん》の彼は、なんとか滑《すべ》り込みでセーフ。伊達《だて》に調子に乗っているわけではないようで、それなりの身体能力はあるんだなと……僕は思った。

「……はい、では合格は十二名ですね。十人以下に出来ると思いましたが、いやはや第七都市の皆《みな》さんは優秀ですね」

ニコリと微笑むサイラスさんは、微塵《みじん》たりとも疲《つか》れていない。僕たちは動きやすい戦闘《せんとう》服《ふく》に着替《きが》えているというのに、彼はスーツ。それでもこのトラックをたったの数秒で駆け抜けた。本気の僕でもここまでのスピードが出せるかどうか……。この速さだけで判断するのはどうかと思うが、以前抱《いだ》いていたただの優しい人という印象は無くなった。

「おい、なんでガリ勉が残ってるんだ？」

「でもあの女装野郎、一位だったぞ？」

「Aランク対魔師のシェリーさんよりもだいぶ先にゴールしてたよな」

「はぁ……はぁ……ユリアくん、尊いよぉ……」

周囲が僕を見て色々と言っているも、もう気になりはしなかった。僕は前に進むと決めた。だから、もういいんだ。他の人に怯《おび》えなくても、たとえ怖がられても、僕は……誰かのために、この力を振《ふ》るうと決めたのだから。

「はぁ……はぁ……はぁ……ユリア、速いわね。私、ごほっ……本気だったのに、余裕で抜かされちゃった……」

「まぁこれぐらいは必須《ひっす》技能だからね」

「しかも息切れしてないし。ぐぬぬ、やっぱ悔《くや》しい……」

二人でそう話していると、やってきたのはソフィアさんだった。

「やほ、やほ〜。二人とも生き残ったんだね〜」

「ソフィアさんもね」

「げ、ソフィア」

「もう、シェリーってばそんな顔しないでよ〜」

「いつもベタベタしてくるから鬱陶《うっとう》しいのよ」

「コミュニケーションの一種でござるよ〜」

「ちょ！　離《はな》れなさい！　今汗《あせ》かいてるから！」

「あらあら。乙女《おとめ》ですなぁ〜」

「いや……あなたもでしょ……」

「それにしてもユリアくん。心境の変化でもあったの？　みんな見てるよ、君のこと」

「もう覚悟は決めたよ。シェリーに色々と助けてもらったしね」

「ふーん。へーえ」

ニヤニヤと笑いながら、シェリーを見つめるソフィアさん。それを勘違《かんちが》いしたのか、シェリーはボッと顔が赤くなる。

「べ！　別に変なことはしてないからね！」

「うん……その反応でしていないのは分かるけどさぁ」

「……ふん」

　ガヤガヤと二人が騒いでいる最中、こちらに誰かが近づいてくる。それはあの主犯格の男だった。刈《か》り上《あ》げた髪《かみ》に身長は百八十センチ以上はある。それに服越しでも分厚い筋肉に覆《おお》われているのがよく分かる。二年前の僕だったら、ただ萎縮《いしゅく》していただけだろう。

「おい……ユリアだったたな」

「これはいつもお世話になっています」

　ぺこりと頭をさげる。もちろん、嫌味《いやみ》と皮肉を込めてそうしている。もう彼《かれ》に屈《くっ》する僕ではない。そのイラついている目を真正面から受け止める。

「俺《おれ》の名前はキース。よく覚えておけ。それにしてもお前、逃げ足《あし》だけは速いみたいだな」

「ええ。あなたよりも、ね」

「お前……年上に対する態度がなっていないな」

「年齢《ねんれい》だけで偉《えら》いと勘違いできる脳みそは素晴《すば》らしいですね。もちろん、年上の方は尊重しますよ。内面が伴《ともな》っている人は……」

「言うじゃねぇか、ガリ勉女装野郎が」

「いやこれ女装じゃないですよ」

「うるせぇ！　女みたいな髪と顔しやがってッ！」

「ははは……なんだか、悪口にキレがないですね」

「はッ、見てろ。おそらく次は実戦だ。お前は落ちて、俺は残る。じゃあな、ガリ勉」

「まぁ……そうなるといいですね」

「……チッ」

最大限に煽《あお》ってみた。僕だって感情がないわけではないのだ。今までの冷水シャワーのお返しはしないといけない。それに僕が反抗《はんこう》してきたからなのか、彼の目には少しだけ動《どう》揺《よう》が見て取れた。でもまぁ……今まで虐めてきた奴が急に自信満々に歯向かってきたら、嫌だよね。そりゃ。

「では次は……総当たりのリーグ戦をしましょう。勝率上位三人を第一結界都市に連れて行くことにします」

サイラスさんが告げる内容。それは最終試験内容だった。

実戦形式のリーグ戦。つまりは残り十二人で総当たり戦だ。

そして、僕たちの戦いが始まるのだった。

「ではまずは、ユリアくんとキースくんですね。どうぞ、前に」

サイラスさんが名簿《めいぼ》のようなものを見ながらそう告げると、僕は彼と向き合うようにして相対する。じっと睨《にら》み合《あ》うも、僕はなぜかサイラスさんに呼び出される。

「ユリアくん、ちょっといいですか？」

「はい、なんですか？」

そう言って僕はサイラスさんの方に近づいて行く。

「はい。今回の試合ではこれ使ってね」

「え！　でもこれ……鉛筆《えんぴつ》ですよ！」

「うん。僕の予備のやつね。あげるよ」

「その……残りの試合、全部ですか？」

「うん。だって君、普通《ふつう》にナイフ使ったら一瞬《いっしゅん》で終わるだろう？　他の学生の力も見たいからね。それに系統外魔法の中でも、無属性の幻影魔法《げんえいまほう》がオリジナルだよね、確か」

「はい、そうですけど……」

「なら工夫次第《くふうしだい》だね。あ、指も使ったらダメだよ。その鉛筆だけね。それと長さも一定にね。伸《の》ばしたり、短くしたりするのは無しで」

「わ……分かりました……」

そして僕は削《けず》りたての鉛筆を頂いた。木の枝よりも細い、ただの棒切れ。何かを書く以外の用途《ようと》などないはずだが、今回はこれが僕の武器になってしまった。

　今の会話は周囲には聞こえていないはずだが、周りの人たちは僕を見てギョッとする。キースはすでにクレイモアを構えているのに、僕はちっぽけな鉛筆を持って立っているだけ。普通は意味が分からないだろう。いや、僕も意味が分からないけど……それでも、やってみるしかない。

「では、開始してください」

　僕は今回は先手必勝で行くことにした。おそらくあのクレイモアをこの鉛筆を起点にした不可視刀剣《インヴィジブルブレード》で受けきるには流石《さすが》に無理がある。あのクレイモアは刃渡《はわた》り、約二メートルで刃《やいば》の幅《はば》が広い。剣《けん》全体の形状としては、刀身の方に傾斜《けいしゃ》した鍔《つば》と、その両端《りょうたん》についた飾《かざ》りが特徴的《とくちょうてき》。

　それにおそらく、あれは個人用に微調整《びちょうせい》したものでやや刀身が長い気がする。でも彼の体格を考えると、それでちょうどいいのだろう。さっきの試験で見るに、瞬発《しゅんぱつ》性と言うよりは一騎当千《いっきとうせん》、一撃《いちげき》必殺を得意としていそうだ。

「はッ、鉛筆で向かってくるだと！　そんなブラフに引っかかるかよッ‼」

　もちろん、彼だけでなくおそらくシェリーとサイラスさん以外はこれはただの囮《おとり》と思うだろう。でも僕に四大属性の魔法はほぼ使えないし、系統外魔法も無属性に特化している。

厳密にいえば今の僕は、魔素を知覚する能力と不可視刀剣《インヴィジブルブレード》でその魔素を吸収することに全てのリソースを割《さ》いている。自分で意識していることではないが、きっと黄昏人《トワイライトザイン》として覚醒《かくせい》した僕の能力は、黄昏に特化したものになっているのだろう。

しかし、今はこの鉛筆をメインにしてその他の技能で勝つしかない。指を使えれば、戦術の幅はさらに広がるのだが、なまじ鉛筆なのが最悪だ。むしろ素手《すで》の方がいいだろう。五本の指先と、それに僕は脚《あし》も起点にできる。それを上手《うま》く使って奇襲《きしゅう》もできるのに、鉛筆では腕《うで》の振りや手首の返しのせいで軌道《きどう》が丸見えだし、何よりも細い。

攻撃《こうげき》を受ける……という選択肢《せんたくし》はない。だからこその、攻《せ》め。守りに入った瞬間《しゅんかん》、僕は負ける。

「ハァッ！」

自分らしくもないが、雄叫びをあげてそのまま鉛筆を起点に不可視刀剣《インヴィジブルブレード》を発動。そしてそのまま縦に一閃《いっせん》。頼《たの》む、このまま終わってくれ……という訳にもいかなく、キースは「ありえねぇ……」とつぶやきながら僕の不可視刀剣《インヴィジブルブレード》を受け止めていたのだ。

「なに……！　何が起きたの？」

「おい、あの鉛筆何か仕込んでるのか？」

「いや……何も見えないが……」

「あれってどうなってるんだ？　キースが防御《ぼうぎょ》したぞ。何もないのに……」

今の瞬間、キースはこの鉛筆の延長線上に約一・五メートルの見えない刀身があることに気がついた。もちろん、可視化はできないし、僕も感覚で把握《はあく》しているだけだ。気がついたのは野生の勘《かん》か、それとも僕に対する認識《にんしき》を改めたのか。

「……訳わからねぇが、見切ったぜ。次は取るッ!!」

来るか……。まぁ、それもそうだろう。タネさえ割れてしまえば、ただの細い剣と仮定して戦えばいい。それに見えないと言っても、体の運び方、手首の返し方を見ればある程度刀身は把握できる。本来は刀身の長さを変えることで対応したいが……それも出来ない。でも、やすやすと僕はこの不可視刀剣《インヴィジブルブレード》の利点を捨てない。見えない、ということはそれだけで大きな強みなのだ。特に、人間のように知性のある生き物には。

「おらッ!!　くらえええッ！」

なんと物騒《ぶっそう》な……と思いながら、その攻撃を躱《かわ》して僕は突《つ》くようにして一閃。

「……シッ」

「ぐ、ぐうッ!!」

外してしまったが、軽く皮膚《ひふ》を切《き》り裂《さ》くことに成功。何よりもこの鉛筆は細いというデメリットはあるが、攻撃の発生が早いし、取り回しもいい。総合的に見れば、二年間使ってきたナイフこそ至高なのだが、これも悪くないな……そう思いながら僕はさらに慣性制《せい》御《ぎょ》の魔法も重ねて発動。

そして無限とも思える、剣戟《けんげき》が開始される。

「ぐぐぐ、ぐおおおおッ!!」

「……」

なんとか捌《さば》いているキース。

彼もそれなりの実力者のようで、何とかこの剣戟に付いてきている。だが流石に相性《あいしょう》が悪い。この近距離《きんきょり》ならば、僕の不可視刀剣《インヴィジブルブレード》の方が速いし、慣性制御もあって取り回しの速度はかなりのものになる。僕も慣れてきたようで、スムーズに攻撃を行えるようになってきた。

「おいおいおい、キースが負けるのか？」

「あいつ、Bランク対魔師でシェリーに次ぐうちのエースだろ？」

「でも……圧倒《あっとう》している。ユリアが、あの鉛筆の見えない剣で圧倒しているぞ」

「す、凄《すさ》まじい……」

すでに周囲の声は聞こえないほどに僕は試合に入っていた。この没入《ぼつにゅう》する感覚は懐《なつ》かしさすら覚える。

「こいつッ！　あんまり調子に……乗るなッ‼」

苦《くる》し紛《まぎ》れか、キースは魔法を発動。そして僕とキースを挟《はさ》むようにして、氷の壁《かべ》が生成される。だが魔法特化しているわけでもないので、僕はそれを悠々《ゆうゆう》と不可視刀剣《インヴィジブルブレード》で打《う》ち砕《くだ》くと、さらに距離《きょり》を詰《つ》めていく。

「くそッ、くそッ、くそッ、くそッ、ありえねぇ……ありえねぇ……俺が負ける？　Bランク対魔師である俺が、負ける？　負けるのか？　クソおおッ！　ふざけるなああああああああああああああッ！」

後方に下がるようにして、次々と氷の壁を生成するキース。すでにクレイモアは振るっていない。だからか、流石に魔法の発生が早い。ここまで逃《に》げに徹《てっ》されると、流石にこの鉛筆を起点とした不可視刀剣《インヴィジブルブレード》では仕留めきれない。

「……止《や》むをえないか」

ボソリとそう呟《つぶや》くと、僕は特異能力《エクストラ》を発動する。

学術名称《めいしょう》は、Extra Sensory Perception which come from magic.

つまりは、魔法から生じる超感覚的《ちょうかんかくてき》知覚。

これは対魔師の中には魔法の影響《えいきょう》もあって、特殊《とくしゅ》な知覚能力を手に入れる個体がいるというものだ。そして僕が持つ、特異能力《エクストラ》は眼《め》だ。

その中でも、魔眼《まがん》と言われているものを黄昏の世界にいた時に獲得《かくとく》している。

「――黄昏眼《トワイライトサイト》」

それはこの世界を別の知覚で認識するもの。主な用途は、この世界に漂《ただよ》っている魔素《まそ》を赤黒い、黄昏色の粒子《りゅうし》として知覚する。魔素とは空気中に漂っている、魔法の根幹となる粒子のことでこれを変換《へんかん》することで人間や魔族は魔法を発動させる。僕は本来見えるはずではないそれを、この眼で知覚することができる。

そしてこれは、魔物の黄昏領域《トワイライトフィールド》もまた可視化できる。その領域が濃《こ》ければ濃いほど、僕の目にはそれが赤黒い色として知覚できるのだ。

この灼《や》けるような双眸《そうぼう》で、しっかりと魔素の流れ、そして次に魔法がどこにどのように現れるのかを把握すると一気に距離を詰める。

「なぁ……ッ！」

そして黄昏眼《トワイライトサイト》で先読みして氷の壁を避《よ》けると、僕は不可視刀剣《インヴィジブルブレード》を彼の首筋に当てる。

ツゥーっと、彼の首から血が滴る。

「負け、認めてくれるよね？」

「まだ、まだ俺はあああああッ！」

もちろん、ここで負けを認めるような人間ではないと知っているので、思い切り鳩尾《みずおち》に

回し蹴《まわげ》りを叩《たた》き込む。

「うっ！　ぐぅううう……」

そこで決着はついた。

「勝者、ユリアくんだね……っと」

サイラスさんはそう言いながら、名簿に僕の勝利を書き込む。

そして静寂《せいじゃく》……からの、大きな拍手《はくしゅ》が僕を包み込む。

「すげぇ、すげぇ、すげぇ！　勝ったよ！　あのキースに！」

「しかも圧勝ッ！」

「彼って何者なの！」

「もしかして、この学院で一番強いのって彼？」

「あの噂《うわさ》も本当なんじゃ……！」

「すげぇよ。やっぱ噂は本当だったんだ！」

まさかの拍手喝采《はくしゅかっさい》。僕は自分の実力が認められたことに、唖然《あぜん》としていた。

「ほら言ったじゃない。心配するなって」

「シェリー」

「あなたのその強さは、尊敬に値するものよ。この学院に籍《せき》を置いている者なら分かる。

どれほど途方《とほう》も無い努力の末に、その力を手に入れたのかが……ね」

「そう、みたいだね」

空を見ると、どこまでも灼けるように真っ赤に広がっている。いつもの黄昏の光景だ。

でも今日はどこか澄《す》んでいる……そんな気がした。

最後の試合。シェリーとの試合は苛烈《かれつ》を極《きわ》めた。

ただし、僕の魔眼は一試合目以降使うなとサイラスさんに言われてしまった。

「はぁ……はぁ……ギリギリ勝った」

「ユリアってば、強すぎ……！」

ギリギリだが、僕はシェリーに勝利することができた。

僕が地面に大の字になって寝《ね》ていると、周囲に生徒たちが集まってくる。

「おいユリア、お前って本当にすごいやつなんだな！　感動したぞ！」

「私も、私も……ちょっとかっこいいというか、すごいよかったよ！」

「クラスメイトとして、誇《ほこ》らしいぞ！」

ガヤガヤとする中、サイラスさんがこっちに近寄ってくる。

「では、シェリーさん。ユリアくん。ソフィアさんを今回の選別メンバーとします。出発は一週間後。それと、出発前夜は三人には少しやることがあるので、空けておくように。

ユリアくん、あの場所に二人を連れてきてください。そうですねぇ……二十時くらいでお願いします」

「あ、はい。分かりました」

解散……となるはずだったが、僕は後ろから声をかけられる。今はすでに人はいなく、ここにいるのは僕と……キースだけだった。

「ユリア」

「キース、何か用？」

報復でもしてくるのだろうか？　でも今の僕に制限はない。ナイフもあるし、魔眼も使える。次何かをしてきたら、容赦《ようしゃ》はしない。そう考えて身構えるも、予想とは違《ちが》うことが起きる。

「すまなかった！」

「え……？」

「俺はその。お前にひどいことを……」

「もういいけど。どうして、あんなことしていたの？　やるにも妙《みょう》に中途半端《ちゅうとはんぱ》だし」

「俺はその……」

「？」

「シェリーのことが。その、気になっていて……」

「わぉ。ってことは、嫉妬《しっと》……とか？　僕とシェリー、たまに練習してたから」

「……すまん。狭量《きょうりょう》なのは自覚している。だが急にやってきたお前に取られるかもしれないと思うと……つい……周りのやつにも謝《あやま》るように言っておくが、俺が先導したことだ。ここはひとつ、これで許してほしい」

そう言ってキースは土下座の体勢に入ろうとするので、僕は慌《あわ》てて止める。

「ちょ！　良いってば、別に……いいよ。終わったことだし」

「すまない……本当にすまない」

「それに今後、シェリーと練習する機会があったなら、キースも誘《さそ》うよ」

「いいのか！」

「まぁ別にいいよ。人の恋路《こいじ》を邪魔《じゃま》する気は無いし。応援《おうえん》するよ」

「本当にすまなかった……」

恋《こい》する気持ちのあまり、嫉妬して僕に嫌がらせをした。おそらく余りやりすぎると、目立ってシェリーに嫌《きら》われると思っていたのだろう。可愛《かわい》いものじゃ無いか。でもそれと同時に思い出していた。今回の件は別に毎日冷水を浴びていただけだから、許した。でも……もしかして、今後あの三人と……ダン、レオナ、ノーラの三人に会うことになったら僕はどうするのだろう？

◇

それから僕の学院での評価は大幅《おおはば》に変わることになった。

廊下《ろうか》ですれ違うたびに、色々と応援の声をかけられるようになったのだ。

「ユリア！　頑張《がんば》ってくれよ！」

「おめでとうユリアくん……！　頑張ってね！」

「お前ならきっとできるぜ！」

などなど、称賛《しょうさん》の声を多くもらった。

実はあの選抜戦《せんばつせん》の時、他にも生徒たちが数多く見ていたらしく、その中でも僕が活躍《かつやく》するのを見てくれていたとか、なんとか。

自分としては活躍しているというよりも、ただ当たり前のことをしているだけだったのだが、こうして人に認められるというものは存外悪くない気分だった。

もちろん、僕に対するいじめのようなものもなくなったし、周りから白い目で見られることもなくなった。

今はシェリーやソフィアと一緒《いっしょ》にいても、特になにも言われはしない。

噂の類《たぐい》もぱったりと止んだ。

「なんていうか、こうなるとすごい手のひら返しだよね～」

「？　ソフィアはなんのことを言っているの？」

「ユリアのこと」

「え？　僕？」

今は僕とソフィアとシェリーで昼食をとっている最中だ。ちなみに、それなりに仲良くなってきたので、ソフィアとは呼び捨てで呼び合う仲になった。

そんな中、ソフィアがその話題を出してくる。

「なんていうかさ、ユリアのことずっと白い目で見てきたのにさぁ～。こうして実力がはっきりすると、みんな途端に変わるっていうのがね～」

「まぁそれは仕方ないんじゃない？　みんながみんな、聖人でいるのは無理でしょうしね」

「僕としても別に……まぁ、嫌がらせがなくなるならそれでいいけどね」

「ええ～？　なんかもっと俺を崇《あが》めろー！　とか、思うところないの～？」

「ソフィアはどんな僕を求めているの……？」

「えっとねぇ……こう、暴君みたいな？」

「いやそれはもはや別人でしょ……」

「あははは！　そうだね！　それは言えてるかも！」

そうして僕らは三人で昼食を進めていく。

あれから第一結界都市に行くメンバーは決まったのだが、まだ日程的に余裕はあるので僕らはこうして学生としての生活をいつも通り送っている。

しかし、ソフィアの言う通り……みんなに色々と言われるのは怖《こわ》い側面もあったけど、こうして周りの人から賛辞を受けるのは初めてだった。

僕は廊下ですれ違う色々な生徒に頑張って欲《ほ》しいとか、期待している、などの言葉をもらったがその度にありがとうと言って微笑《ほほえ》み返すのが精一杯《せいいっぱい》だった。

思えば、僕はずっと虐《しいた》げられているばかりだった。

そしてその状況《じょうきょう》を受け入れていた。

でもきっと、僕は変わるのが怖かったんだ。

今となってはそれがよくわかる。

こうしていざ変化の中に飛び込んでみると、実際にそこは悪いものではないとわかった。

僕もまた、あの黄昏の世界で二年も過ごしたことで変わることができたのだろうか。

「ユリア、どうかしたの？」

シェリーが心配そうな顔をして、僕の双眸《そうぼう》をじっと見つめてくる。

「なんて言うか……ちょっと感慨深《かんがいぶか》くてね。僕はずっと、こう言う立場にはいない人間だったから……」

「それは……でも、今は違うでしょ？」

「うん。それに、悪い気分じゃないよ。人に認められるって言うのは」

「そうね。でもユリアならもっと先に進めるんじゃない？」

「そうだよ！　私もユリアはもっとビッグになると思うね！　うんうん、私の目に狂《くる》いはないよ！」

「ははは……ありがとう二人とも」

その後も三人で他愛《たわい》のない会話をしながら、この時間を楽しむのだった。

◇

「ユリア……か？」

「あれ、キース。奇遇《きぐう》だね」

いつものように図書館で勉強をしていて、そこから出ていく際にちょうどばったりとキースに出会った。

「その……」

「どうかしたの？」

そういえば、ここ数日視線を感じていた。

それは別に悪意のあるものではないので、スルーしていたけど……。

もしかしてそれは、彼のものだったのかもしれないと、今更《いまさら》ながらに理解するのだった。

「す、少し話でもしないか？」

「別にいいよ。時間もあるしね」

そうして僕たちは自然と学院の屋上に向かった。

互《たが》いに途中《とちゅう》で飲み物を購入《こうにゅう》して、それを持って僕らは屋上の扉《とびら》を開ける。

ちょうど今は黄昏が一番濃い時間帯だった。

「その……改めて、申し訳なかった」

「謝罪は受け入れるよ。それに、キースが他の人にも声をかけたんでしょ？　僕に謝るように」

「あぁ。それはケジメだから、な」

実はあの後、キースだけではなく僕のいじめに加担していた人間から謝罪があった。その時はイヤイヤしているというわけでもなく、ただ純粋《じゅんすい》に謝罪したいという気持ちがみて取れた。

彼らもまた、心から僕を憎《にく》んでいるわけではなかった。

ただ流されるようにして、そうしていただけ。

得ていじめとはそういうものだ。

加害者側は特に気にせず、被害者《ひがいしゃ》は心に深い傷を負う。

僕《ぼく》の場合は幸い、別段気にしてもいなかったけれど、やはりこうしてひと段落ついた方が精神的にも良かった。

それに謝罪して来たみんなには、頑張って欲しいと声をかけられた。

自分たちは見る目がなく、僕が本当に実力があるとよく分かったとか……そう言っていた。僕は少しだけ照れながら、頑張ってくるよとそう告げた。

今まで誰かにこうして真正面から褒《ほ》められ、応援されることなどあまりなかったものだから僕は未《いま》だに戸惑《とまど》っている。

けれど、決して悪い気分ではなかった。

「それで、なんだが……」

「うん」

「話を、ユリアの話を聞かせてくれないか？」

「僕の？」

「あぁ。その……黄昏に二年間もいたというのは本当なのか……？」

今まではこの手の話題は、噂には上るが嘘《うそ》だと思われていたらしいとキースが教えてくれた。でも、あの戦いを経てそれは本当のことかもしれないと理解した彼は僕にそのことを聞きたかったらしい。

「本当だよ……二年間、黄昏にいた。一応、危険区域の最深部まで行ったかな」

「最深部……そこ、魔物は強かったのか？」

「そうだね。とんでもない魔物がたくさんいたよ。僕は息を殺しながら、特に戦いながら、二年間彷徨《さまよ》い続けた……」

そして僕は話を続けた。

黄昏に行くことになった部分は詳《くわ》しくは述べなかったが、その二年間のことは自然と言葉が出て来た。

キースもまた、聞きたいことがたくさんあったのか、饒舌《じょうぜつ》に話し始める。

「そうか……やっぱり、ユリアはすげぇよ……そんな世界で戦って来たのか……そりゃあ、俺なんかが敵《かな》うわけないよな……」

「いや僕だって……昔はただの弱い対魔師だったよ……ただ、黄昏では、あの場所で生き残るには力が必要だった。だから僕は強くなったんじゃなくて、強くならざるを得なかった……って言った方がただしいかな？」

「いや……そう言えるだけ、俺はすごいと思う。だって、あの黄昏に行けばほとんどの人間が死ぬだろう？　それこそ、Ｓランク対魔師であっても、最深部まで行けるかどうか……って言われているのにな……」

「まぁ結局のところ、僕の場合は運が良かったのもあるよ。途中で助けてもらったりもしたしね……」

「ま、そういうことにしといてやるよ。とりあえず、ユリアはすげぇやつだ。だからさ、遠征《えんせい》も頑張ってこいよ」

「うん……ありがとう」

キースが僕に向かって拳《こぶし》を突き出《だ》してくると、僕もまたそれに応じた。

これが友人というものなのだろうか。

そのあとは他愛のない話をした。

何が好きで、何が嫌いなのか。

それと、キースはシェリーのことが気になっているようなので、その話とか。

曰《いわ》く、僕はいまいちピンと来ていなかったのだが、どうやらシェリーは学院内でもかなり人気があるらしい。

それも、異性と同性ともに。

異性はともかく、同性にも人気というのはものすごいなと思いながら僕はキースの話を聞いた。

そしてたまにはこんなのも悪くはないと……そんなことを思うのだった。

◇

「よし……」

目が覚める。

今日は休日だ。ということで、ゆっくりしようと考えていたが実はソフィアとシェリーに街に買い物にでも行こうと誘われていた。

僕としても特にすることはないので、その誘いを了承《りょうしょう》して今に至る……という感じだ。

「こんなものかな」

身だしなみを整えて、私服に着替える。

と言っても僕はそんなにオシャレなものは持っていないので、ありきたりなシャツにパンツルックのスタイルだ。

そうして待ち合わせ場所である、街の中央にある噴水広場《ふんすいひろば》にやって来る。

腕時計《うでどけい》を見ると、今は八時四十五分。

「早く来過ぎたかな……」

と、一人で待つか……と考えているとちょうどシェリーもやって来る。

彼女《かのじょ》もまたラフな服装ではある。今は少し暑くなって来たので、半袖《はんそで》のシャツに短めの花柄《はながら》のスカートを穿《は》いている。

いつも見慣れている彼女だが、私服もまた雰囲気《ふんいき》が違っていてとても綺麗《きれい》だと純粋に思った。

「ユリア！」

「シェリー、早いね」

「うん……ちょっと早く目が覚めてね」

「あとはソフィアだけだね」

「あ。それなんだけど……」

「どうかしたの？」

　そしてシェリーはこう告げるのだった。

「それが、なんか体調が悪いって……」

「え？　ソフィアが？」

「そうなのよ。いつも元気なのに、今日に限ってその……お腹《なか》が痛いとか、なんとか言って」

「あ……でもその……」

「？　どうかしたの、ユリア？」

「いやそれは……」

　声に出すべきではなかった。

　というのも、僕は気がついたからだ。

　女性はその……月のものがあるということに。

　だがそれは口に出すべきではないと理解している。でもそれが頭によぎった瞬間に、声に出てしまったのだ。流石に失言だと思うが、シェリーは慌ててその可能性を否定する。

「あ！　いや、その別に、そういう日じゃないみたいよ？　純粋に昨日食べ過ぎたーとか言ってたけど」

「そうなんだ。あれ、でも昨日そんなに食べてたっけ？」

「いや……食べていないと思うけど。まぁ、仕方ないわね」

昨日は夜にソフィアとも一緒に食事をとった。でも別にその時はたくさん食べているという印象はなかったはずだけど……。

ここでわざわざ嘘を言う意味もないし、きっと本当に体調不良なのだろう。

「さて、と。ユリア、行きましょう？」

「そうだね。ソフィアがいないのは残念だけど」

「そうね……」

「？　どうしたの顔が赤いけど？」

「べ、別に！　二人きりだから何か意識してるとかないけど！」

「う、うん」

釈然《しゃくぜん》としないが、とりあえず僕たち二人は歩みを進める。

「そういえば、ユリアって戻《もど》って来てから街に出たことあるの？」

「あー。そういえばないかも」

「でしょ？　だからちょうどいいと思ったの」

「そっか。わざわざありがとうね、シェリー」

「べ、別にいいわよ……そんな改めてお礼なんて言わなくても」

プイッと逆方向を向いてしまうシェリー。

言われてみれば、今回みんなで街に行こうと言ったのはシェリーだった。

僕はそれになんとなく同意したけど、そう言う意図があったとは……本当に僕はいい友人に恵《めぐ》まれたと思う。

「で、ユリアはどこか行きたいところある？」

「うーん。別にないかなぁ……そういえば、ここ数年で変わったことってあるの？」

「そうね。一年前には大量生産が可能になったとかで、ぬいぐるみとか、アクセサリーが市場によく出るようになったかも」

「へぇ……そうなんだ」

現在の結界都市はプラントと呼ばれる場所で、生活必需品《ひつじゆひん》は生産されている。そこはもちろん、魔法《まほう》を組み込んでいるのでそれなりに供給は足りている。

昔は需要《じゆよう》と供給のバランスが成り立っていなく、餓死《がし》する人もいたと言うが今は全くそんなことはない。むしろ、人間が結界都市で暮らすようになって一番安定している時になったと言ってもいいだろう。

でもそれは、ある種当然のことである。

だって僕らはもう……百五十年も、この場所で生きているのだから。

人魔大戦で敗北して、この地に逃げ込んでからやっと安定した生活を取《と》り戻すことができた……というのが、人類の現状だ。

「ユリア、どうしたの？　思いつめた表情《かお》して……」

「いや何でもないよ。ただ、ここ二年の間でも街って変わるんだなぁ……と思ってさ」

「そうね。でも、ユリアはそういうの興味ないでしょ？　女性に人気があるものだし」

「いや見てみたいよ。実際にどんなものがあるか知りたいし。それに今日はもともと二人の後をついていくつもりだったんだ。荷物持ち程度に考えてもらっていいよ」

「じゃ、じゃあいく？」

「うん。遠慮《えんりょ》しないでいいよ」

そして僕らは雑貨店に向かうことにした。

意外にもそれはすぐ近くにあって、それにまだ昼になっていないからか人はそれほど多くなかった。

お店の前にはそのぬいぐるみが大量に売り出してあって、それは主に動物を模したものが多い。でもリアルなものではなく、可愛らしく仕上げられたそれは確かに女性には人気なのだろう。

シェリーの言ったことは確かにそうだなと思いながら、とりあえず犬のぬいぐるみを持ち上げてみる。

「……なるほど。よくできてるね。それにモフモフだね」

「そうなのよ！　モフモフなのよ！」

「もしかして、今日は初めからここに来たかったとか？」

「うぐ……ま、まぁその……実はそうだけど……悪い⁉」

「いや。シェリーの可愛らしい一面が見られて、僕も嬉《うれ》しいよ」

「もう！　そういうことは言わなくてもいいの！」

「ははは」

「笑わないの！」

適当にそう話しながら、シェリーはそのぬいぐるみを慎重《しんちょう》に吟味《ぎんみ》していく。

その視線は真剣《しんけん》そのもの。

趣味《しゅみ》とはいえ、それなりのこだわりがあるのだろう。僕がそんな様子を微笑ましく見てると、彼女は急にハッとした顔になる。

「そ、その……ごめんなさい。ちょっとどれを買おうか迷っていて……」

「良いよ。時間は十分にあるし、僕も付き合うから」

「そ、それなら……」

そしてシェリーはそれから十分ほどじっくりと吟味すると、猫《ねこ》のぬいぐるみを選択《せんたく》した。

それを購入すると、彼女は袋《ふくろ》に入ったそれを大切そうに抱《だ》きしめる。

「ふん。ふん。ふ〜ん」

「そんなに嬉しかったの？」

「実はこれ、昨日入荷《にゅうか》したらしくて！　それで今日の朝から並んでいたらしいの！」

「へぇ〜、そうなんだ。運が良かったね」

「えへへ。タイミングばっちりだったみたい！」

ニコニコと微笑みながら、シェリーはぎゅっとそれを抱きしめる。

改めて思うけど、シェリーは意外にこういう少女趣味なところがある。

学院では毅然《きぜん》としていて、可愛いというよりもカッコいいという印象の方が先行している。けれどもその実、こうして女の子らしい部分を見ると、彼女も年相応のところがあるんだなと僕は少しだけ感慨深くなる。

「？　どうしたのユリア、笑ってるけど？」

「いや別に。ただ、シェリーのそういうところ、学校では見ないなと思って」

「それは……その……私って、なんかカッコいいイメージで通ってるじゃない？　女の子のファンとかもいて、応援されてるのよ……」

「え、それはすごいね」

「うん……でもそれが、ぬいぐるみとか好きだってバレたらなんか……面倒《めんどう》じゃない？」

「そうかもね。でも僕の前ではいいの？」

「別に、ユリアに隠《かく》すことなんてないわね。ユリアもそうじゃない？」

「そうだね」

「でしょ？　だからこうして、息抜《いきぬ》きできるときにしておかないとね！」

「……ふふ、そうだね」

「今日のユリアはよく笑うわね」

「まぁ……それだけシェリーと一緒にいるのが楽しいんだよ」

「そっ……それならいいけどっ！」

少しだけ顔を赤くしながら、シェリーはタタッと走って行ってしまう。

「ユリア！　早く行きましょう！」

「うん！」

そうして僕は、その後を追いかけるのだった。

「うん……これは確かに、美味《おい》しいね！」

「でしょ？　最近は美味しいものも増えてきてね」

　今は二人で昼食をとっている最中だった。と言ってもがっつり食べるわけではなく、軽食にしている。

　そんな中で、シェリーが美味しいお店があるということで連れてきてくれたのだが、確かにここの料理は美味しかった。

　中でも、甘味《かんみ》であるケーキがとても美味しかった。

　以前にも食べたことはあったが、なんというか……微妙《びみょう》な感じだった。確かあれはスポンジ部分がうまく膨《ふく》らんでなくて、なんというか……甘《あま》い何かを食べている感じだった。

　でもそれは五年くらい前の話で、今はだいぶ改善されているらしい。

　結界都市に戻ってきてから、ケーキは食べていないと告げるとシェリーがここに連れてきてくれて、今はそれを食べている。

　ちなみに僕はオーソドックスにショートケーキを選択。

　一方のシェリーはモンブランという栗《くり》をベースにしたケーキを食べている。

「それにしても、ケーキに砂糖入りの紅茶はちょっと微妙じゃない？」

「……」

「ええ？　私としてはブラックコーヒーを飲んでいるユリアの方があり得ないんだけど

「いや、多分僕の方が一般的《いっぱんてき》だと思うけど」

「そんなことはないわ。私の周りの友達は、みんな甘いもの大好きだもの」

「そ、そっか……あはは……」

その目は意外と譲《ゆず》る気がないというか、本気だった。

ということで僕はあっさりと引くことにした。

今日一日で思ったけど、シェリーは少女趣味なところがあるし、それに意外と頑固《がんこ》である。

いや前から自己主張は強い方だと思っていたけれど、いつもは抑《おさ》えているようで、こうして二人で遊んでいると彼女は割とはっきりとものを言ってくる。

けれどもそれは決して嫌《いや》なものではなく、純粋に微笑ましいと思った。

「う～ん！　やっぱりここのケーキは美味《おい》しー！」

「ムグムグ……そうだね。そういえば、この手の物っていつからできたの？」

「えっと去年の今頃《いまごろ》くらいかな？　確かリアーヌ第三王女が主導したとかなんとか」

「リアーヌ王女？」

「知らない？　王族の中でも一番美しいって言われてる人よ。確か、聖人候補でもあるとか」

「あぁ……名前は聞いたことあるくらいだね」

リアーヌ第三王女。

確か僕らと同い年で、美しすぎる王女として有名だがそれよりも確か……聖人になる可能性がある王族としての方が知名度が高い。

聖人。

それは、人間のさらなる高位の存在とされている。過去には人魔《じんま》大戦時に活躍した聖人もいたとか。

聖人は何よりも、魔法の適性が高いらしく、普通《ふつう》の対魔師を超越《ちょうえつ》する魔法を使えるとかなんとか。

僕も詳しくは知らないのだが、噂《うわさ》程度には聞いたことがある。

そんな有名な人が、まさかケーキの開発に取り組んでいたとは考えたこともなかった。

でもまぁ……リアーヌ王女といえども女性だ。

きっと彼女もまた、甘いものが好きなのかもしれない。

そういえば、Ｓランク対魔師の序列二位の人が……名前は確かベルティーナ・ライト。

その人がリアーヌ王女のそば付きとも聞いたことがある。

もしかしたら、色々とそこも関係があるのかも……とそんなことを考えながら、僕らはさらに会話を続けていく。

「そういえば、リアーヌ王女ってずっと前から聖人候補って言われてるけど、まだ覚醒《かくせい》はしていないみたいね」

「覚醒か。それにしても、聖人ってなんだろうね」

「さぁ……私もそれは分からないけど、曰く……聖人がいれば今の状況を大きく変えることができるとか……言われているわね」

「そんなに？」

「ええ。それは間違《まちが》い無《な》いらしいわ」

「それってここ数年でそういう話が出たの？」

「そうね……でも、前々から確かこの手の話はあったはずよ」

「へぇ……」

そして僕らはそのまま適当に雑談を繰《く》り広《ひろ》げると、今度は別のお店へと向かうのだった。

「ユリアは本が好きなの？」

「そうだね。本は自分では想像もできない世界に浸《ひた》ることができるから」

「へぇ～……」

午後。

僕らは近くの本屋に向かうと、そのまま本棚《ほんだな》の前に立つ。

学術的な本もそうだけど、僕は特に小説を好む。

特に結界都市に戻ってきてからは、空いている時間があれば小説を読むことが多かった。

空想の世界で、それこそ多くの小説は黄昏《たそがれ》に支配されていない時のものが多い。

僕はそれが特に好きだった。

もちろん、現実逃避的《とうひてき》な意味合いもあるが……いつかきっと、自分たちの手で青空を取り戻すという意識が高まってくるからだ。

「ユリアはどんな本が好きなの？」

と、ちょうどシェリーがそう聞いてくるので僕は少しだけ声のボリュームを抑えて話を続ける。

「そうだね、小説……かな？」

「小説？」

「うん」

「意外……ユリアって、もっと学術的なもの読んでいると思った。よく図書館にいるし……」

「まぁそういうのも好きだけどね。魔法の理論的な話とか」

「でも小説なの？」

「そうだね。自分の部屋では読むことが多いかな」

「ジャンルは？」

「うーん……意外と恋愛《れんあい》ものが多いかも」

「え……恋愛もの？」

「うん。登場人物の心情とかすごいな～と思って」

「そ、それは参考にしたいとか……興味があるとか……そういうこと？」

シェリーは上目《うわめ》遣《づか》いをしながら僕を見てくる。

それに少しだけ頬《ほお》も赤くなっているけど……どうかしたんだろうか？

「どうなんだろう。自分でも何かを意識してるわけじゃないけど……好きなのは間違いないね」

「へ、へぇ～。が、学院で興味ある人とかいるの？」

「学院で？」

「うん……べ、別に興味ないけどねっ！　ま、まぁ参考までに……」

「う～ん……どうだろ。学院の人だとピンとこないかも」

「強《し》いていうなら？」

「強いていうなら……？　う～ん……」

「……」

「あ！」

「！」

「キースは確か、好きな人がいるって言ってたよ！」

「……」

「え？　そういう話じゃないの？」

「まぁ……いや、いいけどね……」

シェリーは明らかにがっかりした様子だった。

え、何か選択肢《せんたくし》を間違えたのだろうか。

これはいわゆる学生によくある恋バナってやつでは？

と思って色々と考えた末に、キースの話を出してみたけど……。

どうやらシェリーは露骨《ろこつ》にがっかりしている。

「え、その……ダメだったかな？」

「いや別にダメじゃないけど……ユリアはどうなの？」

「僕は？　まだよくわからないや」

「そっか。まぁ、いいけどね。中途半端《ちゅうとはんぱ》に期待してた私が悪いんだし……」

「そ、そうなの？」

「うん……」

そして僕らはそのあとも適当にぶらぶらとした後に、学院に戻っていくのだった。


「へぇ……ここが」

「小さいわね」

「うん、思ったよりも」

出発前夜、サイラスさんのいう通りこの家にやってきた。

それにしても、一体用事とはなんだろうか。そう思いながらドアを開けると、サイラスさんがにっこりと微笑みながら中に招いてくれる。

「やぁ、よくきたね三人とも。さ、入ってほしい」

「「「失礼します」」」

声を合わせて中に入ると、そこには……目を完全に奪《うば》われるほどの美女がいた。

いや、あれは人形……？　でもじっとこっちを見て、にっこりと微笑んでいる。人間だ。

でもあれほど顔のバランスがいい人間は見たことがない。不均一さなどない、どこまでも整った、左右対称《たいしょう》の顔。それに肩《かた》まで伸《の》びている薄《うす》い白金《プラチナ》の髪《かみ》はまるで絹のように滑《なめ》らかだった。それに、何よりもその圧倒的《あっとうてき》な胸部は流石《さすが》の僕も注視せざるを得ない。ゴクリ、と生唾《なまつば》を呑《の》み込むとサイラスさんが口を開いた。

「紹介《しょうかい》しよう。第三王女の、リアーヌ王女だ」

「初めまして。リアーヌと申します」

可憐《かれん》だ。

僕は完全に目を奪われてボーッとしていた。すると、急に足に鋭《するど》い痛みが走る。

「……痛ッ！」

「鼻の下伸ばしすぎ……」

シェリーに一喝《いっかつ》されてしまった。でも確かにその通りだ。シャキッとしないと。そして僕たちは挨拶《あいさつ》をした。その後、サイラスさんが本題を告げる。

「今回はこの人の護衛を、三人に頼《たの》みたい。僕は先頭で誘導《ゆうどう》するから、黄昏の中では彼女をしっかりと守ってほしい。と言っても一緒《いっしょ》の馬車に乗るだけでいい。何かあれば、命に代えても守るように。でもまぁ、ユリアくんだけでも十分だと思うけど、一応ね」

「そういうことだったんですね。分かりました。その大役、承《うけたまわ》りました」

伝える件はそれだけだったようで、シェリーとソフィアは帰って行った。一方の僕は居残り。内密にしたい話があるそうだ。

「ユリアくん、こちらのリアーヌ王女は黄昏の濃度《のうど》を感じることができるんだ。特異能力《エクストラ》の一種だけど……診《み》てもらわないかい？」

「いいんですか？」

「彼女からの要望だ。君は人類の希望になり得るからね」

「ユリアさん、安心してください。害はありませんので」

「わ、分かりました」

瞬間《しゅんかん》、リアーヌ王女の周囲が赤く発光する。そして彼女は僕の姿をじっと見ながら、こう話した。

「サイラスよりも……濃《こ》い。濃すぎますね。体にまとわりついている感じじゃない。完全に一体化している……そんな感覚です……驚《おどろ》きました、人類がここまで黄昏と一体化できるなんて。普通ならとっくに絶命しています」

「……僕は死ぬんでしょうか？」

「いえ、むしろ長生きするでしょう。どちらかといえば、サイラスやあなたの体は魔族に近いものになっています」

「やっぱり……そうですか……」

それほどショックは大きくなかった。もともと予想していたことだ。大切なのは、これを知っても先に進むということ。人類のために、魔族と戦うということなのだ。

「ありがとうございます。それが知れただけでも、良かったです」

「いえこちらこそ、わざわざお越《こ》しいただいてありがとうございます」

こうして僕は自分の現状を把握《はあく》するのだった。

第四章　異変の予兆

ピピピピピピという無機質な音が室内に響《ひび》き渡《わた》る。

「朝か」

時計を見ると朝の四時半。

今日は六時には集合して、黄昏を経由して第一結界都市へと向かう予定だ。ここ第七結界都市と第一結界都市は一番離《はな》れている。最北端《さいほくたん》にあるのが第七結界都市で、最南端にあるのが第一結界都市。その距離《きょり》はかなりあるので、おそらく馬車を使っても数日はかかる。また補給をするために、他の結界都市を経由するらしい。どこに行くかは分からないが、もしかしたら……第三結界都市に行く可能性もあるのかもしれない。

ダン、レオナ、ノーラ。あの三人は今も生きていて、学院での生活を謳歌《おうか》しているのだろうか。僕を犠牲《ぎせい》にしたことに、何の罪悪感もないのだろうか。

「いや、今は気にするな」

自分にそう言い聞かせて、僕は支度《したく》を始める。過去は切り捨てよう。僕はもうあの頃《ころ》のユリアではない。きっと彼《かれ》らと会うこともないだろう。でも運命の女神《めがみ》とは気まぐれなもので、僕《ぼく》はそれをのちに知ることになる。

「おーい。シェリー、起きてる？」

コンコンとドアを叩《たた》く。現在は五時。そろそろ集合場所に行ったほうがいい時間だ。と言ってもまだまだ余裕《よゆう》はあるけど、それでも油断大敵だ。十五分前集合くらいはしたほうがいいだろう。でも、中から返事がない。

どうする？　入るか？

実は前日にこの部屋の合鍵《あいかぎ》をもらっている。何でも、「私は朝が弱いから、返事がなかったら入って起こして。頼んだよ」とのこと。

「お邪魔《じやま》しまーす」

そして僕は数日ぶりに彼女の部屋に入った。奥《おく》に行くと、ベッドでもぞもぞしているシェリーの姿があった。

「シェリー行くよ。もう時間だ」

「うーん。あと五分」

「それ、永遠に延びるやつだから……」

仕方ない、と思って僕はカーテンを全《すべ》て開けて室内の電気も全てつける。

「ううぅうん……眩《まぶ》しい……」

「ほら、起きて？」

無理やり布団《ふとん》を剥《は》ぎ取る。すると、そこに現れたのは裸《はだか》のシェリーの体だった。いや厳密に言えば、ショーツはつけている。でもブラジャーはつけていないようで完全に開放されている状態だ。昨日見た、リアーヌ王女とは違《ちが》う圧倒的な質量。だが知っているとも……ここで、凝視《ぎょうし》していれば後で大変なことになると……。

「ねぇ。何見ているの？」

「……はッ！」

時間が飛んでいた。完全に僕は無の世界にいた。目の前にある芸術的な作品に目を奪われていたのだ。うんでも、仕方がないじゃないか。僕だって男なのだ。これは本能的な関心なのであって、僕個人がどうかという問題ではない。そう説明しようとしたが、彼女の顔を見るにすでに手遅《ておく》れだと判断する。

「この、出て行けッ!!」

ひどいものである。こちらとしては一生懸命《いっしょうけんめい》起こしたのに……。

「あれ、どうしたのユリア。顔に紅葉《もみじ》なんかつけて」

「ソフィア聞いてよ」

と、シェリーの部屋の前で待っているとちょうどソフィアがやってきた。そして事情を説明するも、彼女はうんうんと頷《うなず》き始める。

「それはユリアが悪いね。凝視したらダメだよ」

「そっか……だよね。好きでもない男に見られたら不快だよね……」

「いや多分、不快っていうよりも恥《は》ずかしいんだと思うけど」

「はぁ……やっちゃったなぁ……」

ソフィアの声は届いていなかった。これからおそらく、一週間以上は一緒にいるというのにこんなことで気まずくなるのは悲しいことだ。それなりに仲良くなってきたと思うが、こんなところでやらかすとは。僕もツイていない。

「お待たせ」

「もうシェリーってば、遅《おそ》いよ」

「ごめん、ごめん」

「……」

「ユリアその……起こしてくれてありがとう」

顔を赤らめながらそう言ってくるシェリー。どうやら僕が考えているよりも、悪いようにはなっていないようだった。そして僕たちは集合場所である、門へと向かう。

「これから宜《よろ》しくお願いします」

ぺこりと頭を下げるリアーヌ王女。現在ここにいるのは、僕たち三人とサイラスさん。あとはAランク対魔師の人が数人だ。これで第一結界都市まで向かうらしい。

「では僕が先導するから、ユリアくんたちに彼女は任せるね」

「分かりました」

そう言われて、僕たちは馬車に乗り込む。ちょうど座席は四人ぶんだが、僕が一番先に座《すわ》るとすぐにリアーヌ王女がその隣《となり》に座ってくる。

「えと……」

「何か？」

「いえ、別に」

ニコニコと微笑《ほほえ》んでいる。一体なんだろうか……。

「調子はどうですか、ユリアさん」

「別に大丈夫《だいじょうぶ》です。それと昨日の件、ありがとうございました」

「いえいえ」

そうしていると、シェリーとソフィアも入ってきてじーっとこちらの方を見てくる。

「なんだか仲良いわね、ユリア……」

シェリーがじっとこっちを見つめて来てそういうので、僕は慌《あわ》てて否定する。

「そ、そんなことないよ！　しっかりと王女を守るっていう任務は果たすさ！」

「あら？　つれないのね、ユリアさん……」

ただならぬ雰囲気にシェリーとソフィアはキョトンとするも、その後は特に雑談もなく僕たちは出発することになった。

久しぶりの黄昏へと。

揺《ゆ》れる馬車の中で僕はボーッと外の景色を見つめていた。なんだかものすごく久しぶりな気がする。このどこまでも濃い黄昏の中にいるのは。ちなみに、僕たちは黄昏に備えて対黄昏用の衣服を身につけている。と言ってもいつもの制服に特殊《とくしゅ》な繊維《せんい》を編み込んであるらしい。見た目は変わらない。ただ黄昏が害というのはかなり個人差があって、全く影《えい》響《きょう》のない人もいれば数時間いるだけでひどくなる人もいるらしい。

この服はいわゆる保険程度の効果しかないが、それでもないよりマシだった。

「黄昏に出るのは、久しぶりね」

「そういえばそうだね。でもシェリーは割と一人で出てなかった？」

「うーん。最近は色々とあったから、ね」

僕の方を見て何か言いたそうにしている。

いや、そんな非難する目で見られても困るんだけど……そう思っていると、リアーヌ王女が話しかけてくる。

「ユリアさんは二年も黄昏にいたんですよね？」

「えぇ、とても久しぶりな感じです」

「ここはまだ安全圏内《あんぜんけんない》ですけど、確か東の奥まで行ったとか」

興味深そうにシェリーとソフィアも僕の方を見ている。別に隠しているわけではないし、第一結界都市に行ったらさらに詳細《しょうさい》を報告するようにサイラスさんにも言われている。それに別にここの三人にならば、言っても良いだろう。

「一年で極東まで行きました。当時は生きるのに必死だったのでよく覚えていませんが、進んで進んで進み続けました」

「魔物《まもの》や魔族とも戦ったのですか？」

「主に食料がないとき、それにやむなく襲《おそ》われた時は戦いました。でも基本的には逃《に》げることを優先、ですね。中には今《いま》でも勝てるとは思えない魔物もいました。十メートルを超《こ》える大蜘蛛《おおぐも》に、火を吐《は》くドラゴン。黄昏の生態系は僕でも未だによく分かりません。でも……何よりも弱肉強食で過酷《かこく》な世界。一瞬《いっしゅん》の油断が死につながる……そんな場所でした」

ただ良いこともありました。実は東にクラウドジャイアントの村があって……」

そう話していると、急に馬車が止まる。それと同時に、外から大きな声が聞こえてくる。

「敵襲《てきしゅう》ッ！　魔物が現れたッ！」

いつかくると思っていたが、早いな……。僕はそう考えて、馬車から飛び出すとそこには巨大蜘蛛《ヒュージスパイダー》と呼ばれる魔物がいた。

危険度Bの魔物で、それなりに厄介《やっかい》なやつだ。

魔物や魔族は危険度が振《ふ》り分《わ》けられていて、E↓D↓C↓B↓A↓Sという段階になっている。Bランクは Bランク対魔師以上でないと対応できないとされている。

でもおかしい。この魔物は安全圏にはいないはずだ。確かもっと、東の奥の方に生息していたはず。どうしてこんなところに？　生態系に何か生じているのか？　それとも……。

でも今はとりあえず、片付ける必要がある。数は多い。だがやれないことはない。

「ユリアくん、行けるね？」

「はい」

サイラスさんが僕の方によって来て、二人で立ち向かうようにして巨大蜘蛛《ヒュージスパイダー》の前に立つ。

「ここは私たちが引き受けます。あとの方は、王女の護衛を……」

そして僕たちは黄昏の中で戦闘《せんとう》を始めるのだった。

「ユリアくん、雑魚《ざこ》は僕がやるよ。君はあのでかいやつを」

「分かりました」

ポケットからナイフを取り出し、不可視刀剣《インヴィジブルブレード》を発動。さらには、念には念を入れて黄昏眼《トワイライトサイト》もまた発動。

「……その魔眼《まがん》、使用時間は？」

「全力を出しても三時間は行けます。黄昏の中では一日キープしていたこともありました」

「上出来だ。じゃあ、行こうッ！」

「はいッ！」

僕たちは地面を駆《か》け出《だ》す。互《たが》いに身体強化を重ねて、目の前の巨大蜘蛛《ヒュージスパイダー》の群れの中へと飛び込んでいく。

さてどうやって進むか……僕は奥にいる母体と思われる個体を任された。しかし周囲には巨大蜘蛛《ヒュージスパイダー》がわらわらと群がっている。とりあえずはこいつらを片付けないと……そう思考していると、目の前の巨大蜘蛛《ヒュージスパイダー》が真っぷたつになりズズと斜《なな》めにズレていく。

そして緑色の体液をブチまけて絶命する。

ちらっと横を見ると、目線で行けと言われる。さすが序列第一位。本気ではないだろうが、それでもただただ圧倒《あっとう》される。

サイラスさんの武器は剣《けん》や刀ではない。

彼が使うのはワイヤーだ。

薄いグローブのようなものを両手にはめて、そこからワイヤーを生成し魔法《まほう》で強化して使っている。その切れ味は抜群《ばつぐん》で、スパッと次々と巨大蜘蛛《ヒュージスパイダー》が切《き》り裂《さ》かれていく。

「……母体は、あれか……」

その間を縫《ぬ》うようにして進み、僕は母体の前にたどり着いた。大きい。全長七メートルほどだろうか。かなり圧倒される。

だがここで怖気付《おじけづ》くわけにはいかない。二年の間ではこんな個体とも戦って来たのだ。思い出せ、あの時の感覚を。

そしてスッとスイッチを入れる。僕は自分の中で歯車のようなイメージがガチッとハマるのを感じると不可視刀剣《インヴィジブルブレード》を振るった。

「キィイイイアアアッ！」

一閃《いっせん》。僕は母体の右側にある脚《あし》を一気に四本切断。

こうなってしまえば、バランスを保てずに倒《たお》れる。巨大蜘蛛《ヒュージスパイダー》は厄介な相手だが、糸にさえ気をつければ大したことはない。脚を切断すればあっという間に決着がつく。だが、この母体が倒れることはなかった。

「な……再生……？」

切断した瞬間、おそらく一秒にも満たないだろう。それは瞬《また》く間《ま》に再生した。切られた瞬間にはすでに新しい脚が生えて来たのだ。

「……なんだ、この個体は……」

思わず声に出す。僕はこの黄昏でそれなりに多くの魔物、魔族と出会って来たはずだ。でもこんな個体は見たことがない。たしかに再生能力を使う魔物はいるが、巨大蜘蛛《ヒュージスパイダー》が再生能力を使ったのを見たことはない。

くそ、やっぱり僕の認識《にんしき》が甘いのか……。

黄昏では弱肉強食。弱いものは餌《えさ》になり、強いものは弱いものを食《く》らってさらに強くなる。これもまた、適者生存の表れなのか？　脚を切断すれば簡単に決着がつくということに対応しての、超速《ちょうそく》再生なのか？

「キィイイィイイイイイイイイアアッ!!」

雄叫《おたけ》び。それは威嚇《いかく》か、それとも仲間に指示でも出しているのか。母体以外の巨大蜘蛛《ヒュージスパイダー》はサイラスさんが片付けているが数が多い。もう少しかかるだろう。だからこそ、僕が一人でこいつを倒す必要がある。

　再生にどう対応するのか？

　そんなもの一つに決まっている。再生が間に合わないくらいに細切れにすればいい。それだけだ。

「……不可視《インヴィジブル》」

　ここで選択《せんたく》するのは不可視《インヴィジブル》。僕は周囲に見えない壁《かべ》を作り出す。配置は……完璧《かんぺき》だ。よし、やるしかないな……。

　そして僕は両手に不可視刀剣《インヴィジブルブレード》を発動するとそのまま突撃《とつげき》。さっきと同じ要領で脚を切断。

　だが再び再生、ならば……僕は飛んで来た糸を横に避《よ》けると、不可視《インヴィジブル》で生み出した見えない壁を蹴《け》って勢いをさらにつけて一閃。

　瞬間、脳天がパクリと開くもシュウウウウと音を立てて再生。

　どうやら脳を潰《つぶ》せばいいというわけでもないらしい。

　それから先は、不可視《インヴィジブル》を使って立体的に動きを追加して圧倒的な剣戟《けんげき》を繰り広げた。相手の攻撃《こうげき》は黄昏眼《トワイライトサイト》を使って知覚して避ける。

　これを繰り返《かえ》して、ほぼ全身細切れにしていると腹のところに赤い光のようなものが見えた。

「赤い物体……？」

それは真っ赤なクリスタル。

この黄昏と同じ緋《ひ》色《いろ》をしていた。

腹の奥底《おくそこ》に隠《かく》れていたようで、ここまで細切れにしないと気が付かなかった。

だがすでに再生は始まっている。僕は気になって、それの破壊《はかい》を試みて……パキッという音がしてそのクリスタルが弾《はじ》けた。

「キィイア……ア……アア……イイイ……アアア……」

それと同時に再生が止まり、母体はドスンとその場に倒れこむ。僕はこれで終わりと思ったが、とりあえず念のために脳天に不可視刀剣《インヴィジブルブレード》を突《つ》き刺《さ》して頭部だけ綺麗《きれい》に切断して弾き飛ばしておいた。

「ユリアくん、終わったのかい？」

「はい。少し手間取りました」

「再生……だったみたいだね。この個体は見たことあるのかい？」

「いえ初めて見ました」

「僕も初めて見たよ。しかも速い。君の剣戟をもってしても、再生速度を上回ることはできなかったね」

「それにしても、見ていたんですか？」

「うん。だいぶ前からね」

そういうサイラスさんの後ろには大量の細切れの巨大蜘蛛《ヒュージスパイダー》が転がっていた。数にして、数百匹《びき》はいたはずだ。それをこうもあっさりと片付けるとは……Sランク対魔師、序列第一位。その実力の底は未だに見えない。ニコニコと人のよさそうな顔をして笑っているけれども、この人は間違いなく人類最強の人間なのだ。

「魔眼で何か見えなかったのかい？」

「いえ。でも……核《かく》のようなものを破壊すると、途端《とたん》に再生が終わりました」

「あぁ……遠目だとよく見えなかったけど、あの赤いやつ？」

「そうです。何か関係があるかもしれません。ちょっと見てみましょう」

僕たちは死体に近づくも……そこにあったのはただの母体の体液とぶちまけられた内臓だけだった。あの赤いクリスタルはない。

「ない、ですね」

「うん。ないね。でもおそらくそれが、超速再生を司《つかさど》っていたんだろうね」

「合理的に考えるとそうですね。でもそれが、自然に発生したものなのか……それとも、何者かに埋《う》め込まれたとか？」

「第三者がいると？」

「可能性の話ですが……」

「ふむ。第一結界都市に着いたら、議題にあげよう。実は今回はＳランク対魔師が珍《めずら》しく全員集まっての会議があるんだ。ユリアくんも参加ね」

「え！　聞いていませんよ!?　そんなの！」

「それと王族主催《しゅさい》のパーティもあるから」

「それも聞いていませんよ!?」

「うん。今言ったからね」

「ほ、本当ですか……？」

「本当だよ。それとパーティには他の結界都市の優秀《ゆうしゅう》な人材、それに軍の上層部の人間とかも招いているから」

「はぁ……分かりました。はい」

トボトボと馬車の方に戻《もど》っていくと、周囲にいたＡランク対魔師たちは信じられないと言った顔で僕を見ていた。だがそれは恐怖《きょうふ》から来るものではない。どちらかといえば羨望《せんぼう》の類だ。きっと安心したのだろう。あれだけの数だ。Ａランク対魔師の人だけじゃ、対処できなかっただろう。

「やっぱ凄《すさ》まじいわね、ユリア」

「シェリー。見ていたの？」

「私も後方で漏《も》れてきた奴《やつ》を狩《か》ってたから」

「そうそう。私も感心しちゃった～。流石、ユリアだね」

「ありがとう、シェリー、ソフィア。でも……」

「何かあったの？」

「いや、なんでもないよ」

この違和感《いわかん》はどうでもいいと、そう思うが……。

だが、嫌《いや》な予感というものはよく当たる……そんな気がした。

ここまで適度に補給をして進んできた。あの巨大蜘蛛《ヒュージスパイダー》の出現以来、あまり魔物は出てこなかった。というよりも、出てきてもランクの低い魔物しかいない。

そもそもこの黄昏の外は東に行けば行くほど危険なのであって、南北に移動するだけなら安全圏の範囲内《はんいない》だ。先ほどのような、危険度の高い魔物は出てこない。

黄昏は未だに謎《なぞ》に包まれている……そう言ってしまえば、そうなのだが僕は確実に違和感を覚えていた。それはこの黄昏に二年もいたからこそ分かる違和感。

「ユリア、ユリアってばっ!!」

シェリーの声がようやく耳に届いたのか、僕はハッとして顔を上げる。

「どうかしたの？」

「第三結界都市で補給するって」

「……わかったよ」

そういうシェリーの顔は複雑そうだった。彼女《かのじょ》は知っているのだ、僕がこの都市に複雑な想《おも》いを抱《いだ》いていることを。

ここに来れば、否応無《いやおうな》しに想起される……あの二年前の出来事。そうあれは……確か……。


「おいユリア、パーティを組まないか？」

「え？」

ダンは当時、学年内で最も優秀な対魔師の一人だった。僕は色々なパーティにいたが、戦闘時に回復しかろくにできないということでたらい回し状態。もう、対魔師になるのは諦《あきら》めようか……そう思っていた矢先にあのダンに声をかけられたのだ。

でも彼のいい噂《うわさ》は聞かなかった。なんでも女性ばかりに囲まれ、ハーレムでも築いているとかなんとか。でも、実力があったから許された。

「僕でいいの……？」

「お前、回復ができるだろ？　今うちのパーティはヒーラーがいないんだ。どうだ？　やってみないか？」

その後ろにはレオナとノーラがいた。二人とも優秀な対魔師だ。そんなパーティに僕が？　僕が入ってもいいの？

当時はただ純粋《じゅんすい》に嬉《うれ》しかった。誰《だれ》かに認めてもらえたのだと思った……でも、よく考えると僕はただの駒《こま》でしかなかった……それが今だとよくわかってしまう。

「おい、ユリア。昼飯よろしく」

「私はカフェオレもね」

「私は……紅茶で！」

「でもお金が……」

「あ？　お前、このパーティにいる意味わかってるのか？」

「ご、ごめん行って来るよ……」

僕はみんなにいいように使われていた。昼ご飯代は僕がみんなの分を負担して、一方の僕は一日に銅貨五枚ぐらいしか食費に回せるお金がなかった。ただでさえ両親がいないのに、こんな生活をしてしまえば死んでしまう……でも黄昏《たそがれ》に狩りに行くとそれなりの報酬《ほうしゅう》がもらえる。僕たちはかなり頻繁《ひんぱん》に黄昏に出て、そして荒稼《あらかせ》ぎしていた。僕のもらえる額は本当にちっぽけだけど、それでもかなりの足しになった。

「ユリア、今度危険区域に行ってみる。いいな？」

「で、でも……あそこは危ないって……」

「でも報酬はいい。学生、Aランク対魔師関係なくあそこの魔物を狩ることができれば、報酬はたんまりだ。いいだろ？」

「え……でも？」

「なぁ、俺《おれ》たち友達だよな？」

「う、うん」

「どこのパーティにも入れないお前が、こうして黄昏で稼《かせ》げているのは誰のおかげだ？」

「もちろん、ダンたちのおかげだよ……」

「なら……わかっているよな？　なぁ？」

「う、うん……」

反対など許されなかった。僕は奴隷《どれい》。ただの奴隷。でもそれは仕方ないことだった。ダンは言った。この世界は弱肉強食。それは人間社会でも同じ。強い奴が上に立って、下の奴を使う。至極《しごく》当たり前の道理だと。

僕も反論などなかった。だって僕には……何もなかったのだから……。

そしてそこから先に待ち受けていたのは、黄昏での二年間。ダンたちにいいようにされるよりも、遥《はる》かに過酷な世界。

一歩先は死に直結している。そして僕は……そんな世界で生き残った。生き残ってしまった。もし、もし、みんなに会うとしたら……僕はどんな顔をすればいいのだろう？

「じゃあ、集合は二時間後。各々《おのおの》、自由行動をしてもいいよ」

第三結界都市に着くと、サイラスさんがそう言った。もう少しで第一結界都市に着く、これがきっと最後の休息だ。

「シェリー、買い物付き合ってよっ！」

「ちょ、私は！」

「いいから、いいからっ！」

唯一《ゆいいつ》話し合えるシェリーとソフィアはそのままどこかに行ってしまった。僕は……。

どうしたらいいのだろう……そう考えている暇《ひま》もなく、勝手に足は進んでいた。僕は向かった。自分が暮らしていた、寮《りょう》へと。

「……」

部屋の前にたどり着く。寮にはすんなりと入れた。というよりも今の時間は人がいなくて閑散《かんさん》としていた。懐《なつ》かしい……そう思った。ここにいたのは、あまり長くないがそれでも僕は懐かしいと感じていた。

「戻ろう……」

でも入る必要はない。みたところ、名札には知らない人の名前が書いてあった。ここは僕の場所じゃない。僕の場所は……あのシェリーの隣の部屋なのだ。そうして、外に出ると見慣れた三人が歩いているのが見えた。

見慣れている？　いやでもまさか……可能性はある。でもあの三人は……僕たちと同じ集合場所へと向かっている。確か、ここでは第三結界都市の学生選抜《せんばつ》組と合流して第一結界都市に向かうと言っていた。でもまさか……こんなことって……。

呆然《ぼうぜん》と立《た》ち尽《つ》くして三人を見つめていると、こっちをチラッと見て来る。

「お前、見ない顔だな。まさか別の都市からの選抜者か？」

「ねぇダン。この顔って……」

「私も見覚えあるかも」

三人とも成長している。身長も伸《の》びて、顔つきも大人っぽくなっている。そして声は変わっていない。あの頃と全く同じ声だ。

「ダン、レオナ、ノーラ……」

「うお、なんで名前知ってるんだ？」

なんて言うべきか。でもここで知らぬふりはできない。僕は過去と……あの忌《い》まわしい過去と向き合う必要がある。

「ユリア・カーティス。それが僕の名前だ。久しぶり、みんな」

「「「……」」」

ハッと息をのむ三人。そしてまじまじと僕の顔を見つめて来る。

「マジじゃねぇか……この顔ユリアだ……」

「でもユリアは……」

「うん……あの時……」

気まずそうな二人。でもダンは全く気にしていないようで、普通《ふつう》に質問をして来る。

「お前、生きていたのか？　どうやって？　それよりも生きているなら、なんで戻って来ないんだ？」

「……今は第七結界都市にいるよ」

「遠いな。で、どうして生きているんだ？」

ダンの目に宿っているのは焦《あせ》りだ。知っているとも、ダンたちのしたことは一種の殺人だ。おそらく保身を考えて僕から情報を引き出そうとしているんだろう。

「二年間、黄昏にいたんだ……それで、最近戻ってきた……」

「は、嘘《うそ》をつくならもっとマシな嘘をつけ。お前が黄昏で生き残れるわけがない。それに何だ、その髪《かみ》は？」

「……この髪はストレスでこうなったんだ。それに、僕は君たちのことを知っているよ……」

僕は語った。僕たちの間でしか知り得ないことを。皆《みな》、驚いていたが徐々《じょじょ》に確信に変わる。あのユリアが戻ってきたのだと。

「ダン、やばいよこれって……」

「もしかして私たち……」

「大丈夫だ。なぁ、ユリア俺たち友達だよな？」

「……」

「あの時は仕方なかったんだ。あのあと、ちゃんと助けに戻ったんだぜ？　でもお前はいなかった。なぁ仕方ないよな？　なぁ？」

「……」

嘘だ。僕が囮《おとり》になるように、逃げることができないように、ご丁寧《ていねい》に結界を張っていたのを覚えている。全ては保身のためにしていること。あぁ……どうしてこんなにも醜《みにく》い人間がいるのだろう。僕の心は徐々に黒い感情に支配される。

「はぁ……ダン、君は変わらないんだね」

「あ？　お前ナメた口利《き》いてるな。ちょっと背が伸びたからって、調子に乗ってるのか？

俺はもうBランク対魔師だぞ？　勝てると思っているのか？」

「僕は第七結界都市の学生選抜に残った。そして、これからSランク対魔師になる予定だ。

すでに勧誘《かんゆう》は受けているから、あとは僕の返事だけだ。ダン、レオナ、ノーラ……もう僕
はあの時の僕じゃ無いんだ」

　僕は地面を見つめながらそう言った。まだ苦手意識は払拭《ふっしょく》できていない。完全に呪縛《じゅばく》か
ら解き放たれてはいない。僕はあの頃の染《し》み付《つ》いた習慣が残っていた。

「「「あははははははははッ！」」」

「おい聞いたか？　ユリアがSランク対魔師だってよッ！」

「聞いた聞いた、あり得ないって……」

「髪の色まで変えて……頭おかしくなったんじゃ無いの？」

　三人は笑い続けた。でも、別に信じてもらえなくてもいい。もう関《かか》わることもないのだ
から……。

「あれ、でもそれって」

「うん……あれって」

「まさか、そんなわけねぇ……ユリアがAランク対魔師……だと？」

そう。今の僕の胸にはAランク対魔師を示すラインがあった。それは今の僕の身分を示している。

ダンよりも僕は上の地位にいるのだ。

そのことを知ると、三人の顔は青ざめていく。

「あ、ありえねぇ……ユリアが、俺よりも上だと？」

「そ、それって偽物《にせもの》でしょ！」

「そうよ！」

僕はなんというべきか迷うも、ただ事実を淡々《たんたん》と告げた。

「ダン、レオナ、ノーラ。僕は戻って来た功績から、Sランク対魔師に抜擢《ばってき》されることになった。だから言った通りだよ。もう、今までの僕じゃない」

そう告げると、三人ともに本当だと理解したのか、唖然《あぜん》とした顔で僕のことを見つめてくる。まるで信じられないと言わんばかりに。

「ねぇユリア、その三人って……」

ちょうどその時、やってきたのはシェリーとソフィアだった。

「シェリー……いや、なんでもないよ」

「なになに？　どうしたのユリア？」

「ソフィアも別に気にしなくてもいいよ。ただ少し、知り合いに会っただけだから」

そう言うと、すでにダンの意識は僕に向いてなかった。その目はジロリとシェリーとソフィアの体に向かっていた。

一体どこまで下衆《げす》なのか……。

「お二人さん、可愛《かわい》いねぇ～。ね、どこの都市の人？」

「あ～、なるほどねぇ～うんうん」

ソフィアがそう頷くと、僕の腕《うで》を絡《から》め取《と》る。

「ユリアいこ。他の男には興味ないの、ごめんね？」

「は？　ユリアがいいのか？　こんな冴《さ》えない男が？」

「冴えない……？　ははは、面白《おもしろ》いこと言うねぇ……ユリアは十三人目のSランク対魔師になるんだよ？　その実力は君なんか足元にも及《およ》ばないよ」

「な……んだとぉ？　おい、どう言うことだ……おい、ユリアッ！」

キッと威嚇するようにして睨《にら》んでくる。でも僕はもうここから立ち去りたかった。

「……ダン、もう行くよ。じゃあね」

そうして、僕はその場を去って行った。その時、背中に感じていた殺気を忘れることは決してできなかった。

僕たちは第一結界都市へとやってきていた。ちょうど先ほど着いたばかりで、今はこれから泊《と》まる宿泊先《しゅくはくさき》にやってきている。

「はぁ……あいつらってホント最悪。普通に犯罪者じゃん」

「まぁそうだね」

あれから僕はソフィアに全《すべ》てを話した。どうして僕が二年もの間、黄昏にいることになったのかを。でも彼女はあのやり取りから元々察していたらしく、だからこそ助け舟《ぶね》を出してくれたのだ。その優《やさ》しさには素直《すなお》に感謝したい。

「それにしてもあいつらが一緒《いっしょ》とかホントやだなぁ……これからパーティとかもあるみたいだし……」

「ソフィアもそう思うわよね？　私もユリアから話を聞いてずっとそう思ってたの！」

シェリーとソフィアは彼《かれ》らの悪口で盛り上がるも、僕《ぼく》はずっと気落ちしていた。そもそも、僕が弱くなければあんなことは起きていなかった。

僕が昔から強かったなら、彼らの要求を拒否《きょひ》する勇気があれば、あんなことにはなっていなかったかもしれない。

そう考えると、ダンたちを非難することは僕には躊躇《ためら》われた。

確かに恨《うら》みはある。

この体の奥《おく》から燃え上がるような憎《にく》しみが確かに存在しているも、僕の良心はそれを押《お》さえつける。

僕は何よりも、彼らと同じ存在になりたくなかった。

強いからといって、弱者を虐《しいた》げるその思想が嫌《きら》いだった。

確かに、黄昏の世界ではそれが真理だった。

でも人間の世界でもそれが当てはまるとは限らない。僕は、強い人間は、弱い人を守るためにいるのだと思う。だって弱い人は自分で自分の身を守ることはできない。だから強い人が守らなければ、死んでしまう。僕はそう思っていた。この力を使うのなら、誰かのために。昔の僕のような人のためにこそ、今の僕はいるのだ。

「ふぅ……」

「どうしたのユリア？」

「いや別になんでもないよ、シェリー。それで、確か今日は夜からパーティだったよね？」

「うん」

そして僕たち三人はまた夜にここに集まることにして別れた。シェリー、ソフィア共に、何か用事があるらしい。幸い、パーティは夜からなので別に大丈夫だろうが……一方の僕は手持《ても》ち無沙汰《ぶさた》になってしまった。

せっかくだからこの結界都市を見て回ろう。

そう決めて、僕は街に繰《く》り出す。

結界都市にはその名の通り、結界が存在する。

その結界は魔族《まぞく》を退かせる効果があるらしい。

人間には無害で、それは全ての都市に存在している。

だがこの第一結界都市には、もっと特別な結界がある。それは中央に位置している王城にあるのだ。

王城。

それは王族が住まう場所。

王族とは特別な存在で、この結界都市を維持《いじ》している一族だ。

彼、彼女らのおかげで結界は維持されている。

しかし、どう言う理屈《りくつ》かは不明だが結界は第一結界都市からしか維持できないらしい。

王族が実際にその都市にいなくとも、全ての結界都市は第一結界都市によって管理されている。

だからこそ、この場所は特別なのだ。

「おい、テメェ……ぶつかっておいてなんだその態度は！　あぁ！」

街を歩いていると、そんな声が路地裏から聞こえてくる。そしてよく見ると、そこにいたのは女の子だった。髪はツインテールに纏《まと》められており、あどけない表情をしている少女。でもどちらかといえば、可愛いと言うより美人と形容すべき見た目だった。

また見た目からして、年下だろうが……彼女は大柄《おおがら》の男三人に囲まれている。どうやら揉《も》め事《ごと》のようだ。

「はぁ……あの、どいてくれない？」

「おいおいおい、そっちからぶつかってきたんだろ？」

「そうだてめぇ……あんまりふざけてると……」

そして男は腰《こし》にある剣を抜《ぬ》こうとする。おそらく三人とも対魔師《たいまし》なのだろうが、人間に対する攻撃は犯罪だ。それにあの少女がこの男たちをどうにかできるはずもない。

「すいません……この子が何か失礼をしましたか？」

「あ？　テメェは誰だ？」

「えっと、兄です」

「ほう、兄貴か」

いや、信じるのか。

かなりお粗末《そまつ》な言い分だと思ったけど……。

僕とこの少女の見た目は似ても似つかない。まずは髪の色がだいぶ違《ちが》う。僕は銀髪なのに対して、彼女は薄《うす》い桃色《ももいろ》だ。それに顔も全く似ていない。完全に赤の他人なのだが、男はそんなことはどうでもいいのだろう。とりあえず、フラストレーションを発散したいようだ。それなら、僕が相手になってもいいだろう。

「兄貴なら、落とし前のつけ方はわかってるよな？」

「おい、やるぞ」

「いつものやつか？」

この三人とも、常習的にこんなことをしているようだ。どうやらこいつらを野放しにしておくわけにはいかない。

「後ろに隠れていて……ここは僕がどうにかするよ」

「うんっ！　お兄ちゃん、ありがとう！」

おぉ……飲み込みのいい子だ。僕の下手な演技に合わせてくれている。

そして三人をじっと見つめる。武器は全員ブロードソード。でもおそらく、魔法でも使ってくるのだろう。僕はすぐに黄昏眼《トワイライトサイト》を発動して、魔素の流れを確認《かくにん》。

どうやら氷属性の魔法を使ってくるようだ。

なるほど、足元に氷を発生させて身動きを封《ふう》じてあとはボコボコにするって感じか……

でも。

「おらッ、くらえッ！」

男の一人がそう言って、魔法を発動。でも僕はそれを許さなかった。たった一歩で距離《きょり》を詰《つ》めると、そのまま魔法を構築している魔素を右手の人差し指を起点とした不可視刀剣《インヴィジブルブレード》で切り裂く。

魔法を発動するには、必ず魔素を収束させる必要がある。

と言うことは、その収束を霧散《むさん》させれば魔法の発動を妨害《ぼうがい》できるのだ。

通常は、魔素は知覚できないのでそんな芸当は不可能。でも僕の黄昏眼《トワイライトサイト》はそれを捉《とら》える。

そして、一閃。

「魔法が……！」

慌《あわ》てているも、すでに僕は眼前。

そしてそのまま不可視刀剣《インヴィジブルブレード》を首に突きつける。さらには左手の指でもまた、不可視刀剣《インヴィジブルブレード》を発動。

それを残りの二人の首にも掠《かす》らせる。知覚できるようにわずかに皮膚《ひふ》を切り裂き、さらには壁に不可視《インヴィジブル》の刃《やいば》を食い込ませる。

「もう何もしないなら、どこかに行ってくれない？　危害は加えないから」

「「「ひ、ヒィイイイイッ！」」」

まるで化け物でも見たような目をしながら去っていく三人の男。やっぱり、こんなことしてもいい気はしないなぁ……。そんなことを考えて、少女の方を振《ふ》り向《む》く。

「あなた、いいわね。とってもいい。それって幻影魔法《げんえいまほう》？　系統外魔法、それも無属性は回復以外だと珍しいわね。見たところ、不可視《インヴィジブル》の剣ってところかしら？　長さは任意で変えれるようだけど、まだ自由自在じゃない。得意な間合いに特化してるみたいね。今は指だったけど、それって指以外……何か棒状のものなら使えるんでしょ？　どうやら起点がいるみたいだけど。普段《ふだん》は何使っているの？」

「え……と……そのナイフです……」

雰囲気《ふんいき》が違う。さっきよりも自信ありげに振《ふ》る舞《ま》っている。それに僕はなぜか敬語を使ってしまっている。この子は年下なのに、妙《みょう》に気圧《けお》されるのだ。それに分析《ぶんせき》が的確すぎる。今の一瞬《いっしゅん》でそこまでわかるのか？　この子は何者なんだ？

「ナイフ……なるほど。確かにナイフだとさっきの身のこなしも頷《うなず》ける。でも見たことないわね、あなたみたいな手練《てだ》れ……あ！　もしかしてあなたがユリア？」

「え……確かに僕がユリアですけど、どうして知っているんですか？」

「私は第一結界都市、対魔学院六年のエイラよ。Sランク対魔師のエイラ。よろしくね、ユリア」

「は……え！」

こうして僕はまた新しく別の、Sランク対魔師と出会うのだった。

「え！　Sランク対魔師！」

こんな小さな子がSランク対魔師！　それよりも、六年？　ということは僕よりも二つも年上なのか！　こんな小さな子なのに！

「あんた今、このロリがどうしてSランク対魔師って思った？」

「いえ、滅相《めっそう》もございませんッ！」

「ふん。別にいいわよ、小さいのは仕方ないし……」

「いえ僕は好きですよ？　とても可愛らしいと思います」

「え……ロリコン⁉」

「ちょ、その認識は誤解を招きますよ！」

「嘘よ。で、ユリアはどうしてこんなところに？」

「いやただ散歩していたら、女の子が襲《おそ》われていたので助けにと……」

「いいとこあるじゃない。と言っても、私が相手していたらあいつらはボコボコだったけどね」

「あはは……」

やりかねない。僕はこの短時間でエイラさんの性格を理解していた。自由奔放《じゆうほんぽう》、彼女はその言葉がぴったり合う人だった。

「それにしても、どうして僕のことを？」

「あぁ。ギルとクローディアから聞いたのよ。黄昏に二年もいた化け物がいるってね」

「ははは……化け物ですか。そんな大したものじゃないですけど……」

「あなた、時間あるでしょ？」

「まぁ……はい。夜のパーティまでは」

「私もそれに出るから丁度いいわ。付いてきなさい」

「どこにいくんですか？」

「私のお気に入りのカフェ。奢《おご》ってあげる」

「ありがとうございます、エイラ先輩《せんぱい》」

「……先輩？」

くるっと僕の方を振り向くエイラ先輩。え？　僕何か変なこと言ったかな？

「今……先輩って言った？」

「はい。僕は四年生ですし……都市が違えど、先輩ですよね？」

「あなた……いいッ！　とってもいいわッ！　気に入った、ユリアのことは私が面倒《めんどう》見てあげるッ！」

「ええ⁉　どうしたんですか、急に！」

「私こんな見た目だから、バカにされることが多くて……だから人の視線とかには敏感《びんかん》なのよ。あ、こいつは私をバカにしてるなって分かるの。でも、あなたはちゃんと尊敬した視線を送ってくるし、態度もしっかりしてる！　私のこと、先輩って呼んでくれるし、グッドよ！」

「はぁ……そうですか」

なぜか気に入られてしまった。でも、僕もこれからSランク対魔師になる予定だ。仲のいい人がいるのはとてもいいことだろう。人間関係で変な軋轢《あつれき》は生みたくないしね。

「じゃ、行きましょう！」

「分かりました」

そしてスキップでもしそうなぐらい軽い足取りで進むエイラ先輩の後を僕は追うのだった。

「で、黄昏に二年もいたのは本当なの？」

「本当です。色々と大変でした」

それから僕たちは近くのカフェにやってきて、色々と話をした。彼女は僕のことを信じていない訳ではなく、純粋な興味として黄昏のことを色々と知りたかったらしい。

「へぇ……すごいわね。一年で大陸を横断するなんて」

「……自分の方向音痴《おんち》具合には辟易《へきえき》しましたよ、それが分かった時は……」

「で、また一年かけて戻ってきたと」

「今度はクラウドジャイアントの村で色々と支援《しえん》を頂いたのですが、地図がどうやら正確なものじゃないようでさらに迷って……また一年かけて横断しました……いやぁ、あれは大変だったなぁ……」

「で、あなたもあるんでしょ？」

「黄昏症候群《トワイライトシンドローム》ですか？」

「ええ。私はここ」

そう言ってエイラ先輩は胸元《むなもと》のボタンを外して、ちらっとその中を見せてくる。

「ちょ、公共の場ですよ！」

「別にいいわ。全部見せるわけじゃないし。ほら、見なさい」

僕はささやかな胸は気にせず……全く気にせず……そう、気にすることなく……彼女の胸に刻まれている刻印を見た。

「……レベル五ですか？」

「ユリアもでしょ？」

「僕はここですね」

そして腕をまくると、僕もまた腕に刻まれている刻印を見せる。

「うわ……それってどこまであるの？」

「肩《かた》まであります」

「それってレベル五、超《こ》えてるんじゃないの？」

「恐《おそ》らくは。それにリアーヌ王女に診《み》てもらいましたが、僕は完全に黄昏と一体化しているようです」

「完全に黄昏と同化しているですって！　それは本当に驚《おどろ》きね……なるほど、伊達《だて》に二年もいないっていうことね。それよりも、リアーヌと会ったの？」

「はい。第七結界都市から護衛をしました。それにしても、エイラ先輩は、仲がいいんですか？　リアーヌ王女と」

「ん？　あぁ……幼馴染《おさななじみ》よ。私の家ってちょっとした貴族だから」

「貴族ですか……そういえば、第一結界都市にはいるんですよね」

「しょーもない連中よ。ほんと、バカ。自分たちの血にしか誇《ほこ》りを持っていないゴミ《人間》ばかり……」

　辟易したような感じでそう吐《は》き捨《す》てる。

　第一結界都市は特別な場所で、王族だけでなく貴族もまた存在している。数はそんなに多くないはずだが、普通の人間よりも格式が高いのは自明だった。

　そのあとは他愛《たわい》のない話をして、解散することにした。

「さて、そろそろ行きましょうか」

「はい」

「じゃ、私は一旦《いったん》家で着《き》替《が》えるから。また会いましょう、ユリア」

　そして僕は宿に歩いて戻っていた。ちょうど暗くなってきて近道のためにひと気の少ないところを歩いていた。結界都市では対魔師による犯罪がゼロではないので、それなりに防犯対策などはしてある。例えば、魔《ま》法《ほう》を感知する術式が組んであったり、それを感知すると通報される……などのものだ。ただし、それは全域にあるわけではなくやはり死角というものは存在する。この場所はちょうどその死角。若干《じゃっかん》いやな予感がするも、僕はそのまま進んでいた。

そんな矢先……急に後ろから拳《こぶし》が振るわれるのを感じた。

「……ちっ、テメェ本当にユリアなのか？」

「ダン……どうして」

予感的中。そこにいたのはダンだった。きっとどこからかつけてきたのだろう。

「さっき一緒にいた女……あれってSランク対魔師のエイラだよな？　特徴的《とくちょうてき》だからすぐに分かったぜ。で、お前……どうやって媚《こび》を売ったんだ？」

「……別に。ただ偶然《ぐうぜん》出会っただけだよ」

「嘘だな。確かにちょっとは身体技能は上がったみたいだが、お前がSランク対魔師になれる訳がない」

「……もうやめよう、ダン。僕はもう、あの頃《ころ》の僕じゃないんだ……やめてほしい」

「テメェ……俺をそんな見下した目で見ていいと思っているのか？」

「……」

見下している気は無い。ただただ、悲しかった。彼は変わらずにいる。ずっと同じままだ。でもそれは僕も同じなのかもしれない。僕たちが変わったのは、その戦闘《せんとう》技能だけだ。

ダンは強くなったし、僕も強くなった。

だが、僕はきっともう……ダンよりも強い。それは今の攻撃《こうげき》を見ても明らかだった。

「ユリアッ！　テメェっ！　そんな目で俺を見るんじゃねえええぇッ！」

ダンは腰にあるブロードソードを引《ひ》き抜き、僕にそれを振りかぶる。でも遅《おそ》いよ、ダン
……遅すぎる。そんなスピードじゃあ、黄昏の奥では生き残れない。せいぜい、安全圏《あんぜんけん》よ
り少し出たところが限界だろう。

完全に感情的になっているダンの攻撃は単調すぎた。これなら別に能力を使う必要もない。

「……なッ⁉」

僕はその剣《けん》を指先だけで掴《つか》み取り、そのまま彼の手首を捻《ひね》ってその場に剣を叩《たた》き落《お》とす。

「ダン、これが現実なんだ……もう、やめてほしい」

「ふざけるな、ふざけるな、ふざけるなッ！　ユリアが俺よりも強いだと？　そんなこと、ありえねえええぇんだよおおおおおおッ！」

今度は魔法。しかも後ろの方を見ると、そこにはレオナとノーラもいた。彼女《かのじょ》たちは周囲に結界を張って人払《ひとばら》いをし、さらにはダンの魔法のサポートをしようとしている。

どうして、君たちはそうなんだ……どうしてッ！

「……もう、終わりにしよう」

僕は黄昏眼《トワイライトサイト》を発動。そして魔素を知覚すると、不可視《インヴィジブル》を使ってその魔素を妨害するようにして、発動。すると、そこにあった魔素は消える。それと同時に、結界も完全に消える。

三人とも魔法が消された反動で、その場に尻餅《しりもち》をついていた。

「もう僕には関わらないでくれ……」

最後にそう言って、僕は去った。

そして彼が人を殺しそうなほどの視線で僕を見ていたのは、間違《まちが》いなかった。それでも……僕は逃《に》げた。こんな時どうするべきなのか……それが分かっていなかった。だから逃げた。もう関わりたくない。彼たちを見ていると昔の自分を思い出して嫌《いや》になる。法的な措置《そち》を訴《うった》えかけようと考えているも、僕は迷っていた。そもそも証拠《しょうこ》は僕の証言だけだし、嘘と言われればそれまでだ。僕の実力を見て本当に黄昏にいたと信じてくれている人もいるが、それもまたただの状況《じょうきょう》証拠《しょうこ》に過ぎない。

黄昏にいた、というのは僕の記憶《きおく》の中にしかないのだ。

そしてそんなことを考えても、いつかダンたちとは向き合う必要があるかもしれない。

こうしてここで再会して、このまま終わり……というわけにもいかないのだろう。

きっとそれは運命なのだ。だからこそ、僕は過去と決別する必要がある……そんな気がした。

あれから宿に戻《もど》ってきた僕たちは、正装に着替えていた。と言っても別に用意されたスーツに着替えるだけだ。でもソフィアが妙に張り切っているようで、僕は顔のメイクはさすがに遠慮《えんりよ》したが……どうやらヘアメイクをしてくれるらしい。

「うーん、こんな感じかなぁ？」

「……別にいいのに」

「だめ！　ちゃんとカッコよくしていかないと‼」

「そういうもの？」

「そうなの！」

ということで、僕の髪は今少しだけラフにまとめられていた。しかしそこにはオイルを使ったために艶《つや》があり、そして僅《わず》かに崩《くず》してある。

「これって……変に目立たない？」

「大丈夫《だいじようぶ》だってッ！　うーん、我ながら完璧《かんぺき》かな‼」

そして僕のヘアメイクが終わると、シェリーが部屋に入ってきた。今は僕の部屋でヘアメイクをしてもらっていた。

「……」

「え？　変かな？」

「……見違《みちが》えたわ。まさかここまで、化けるなんて……」

「そんなに違うかな？」

「違うわよ、ていうよりも別人っ！　ってレベルよ」

「へぇ……髪の毛《け》って意外と重要な要素なんだねぇ……」

「そりゃ坊主《ぼうず》と髪があるのじゃ、訳が違うわ」

「それは極端《きょくたん》だね……」

その会話を聞いていたソフィアは、何やらウンウンと頷いている。

「うん！　完璧だね！　私の作品は最高だよッ！」

「さ、作品？」

「そう。作品！　ね、ユリアもっとよく見てよ」

「うん……」

鏡を渡《わた》されて自分をもう一度改めて見てみる。

髪は少しラフに崩されており、前髪は綺麗《きれい》に流してある。さらにはそこに艶感も加わって、確かにこれは今までのものと比べると別人なのかもしれない……。

「さて、行きましょうか！」

「ソフィアは元気だね」

「当たり前よ！　ユリアとシェリーはなんだか緊張《きんちょう》気味？」

「そりゃそうよ！　こんなパーティに来るなんて……うぅぅぅ……」

ちなみに、ソフィアとシェリーはドレスだ。ただ、二人とも背中の方がパックリと開いているかなり扇情的《せんじょうてき》なドレスだ。シェリーは赤で、ソフィアは青。それに髪もアップにまとめていてとても可愛い……いや、美人って言った方が適切かもしれない。

そうして僕たちは王城にあるパーティ会場に向かう。

「大きい……それに、広いね……」

「じゃ、私とシェリーはちょっと挨拶《あいさつ》があるから～」

そう言ってソフィアとシェリーは去って行く。シェリーは学院長の娘《むすめ》だし、ソフィアはSランク対魔師の娘、だから色々と挨拶回りがあるらしい。ソフィアは慣れているらしいが、シェリーはこういうのは苦手らしくかなりガチガチに緊張していた。

そして僕はまたしても一人になってしまった。こういう時に自分はやっぱり、ぼっちなんだよなぁ……と思っていると向こうの方から歩いて来る小さな少女がいた。あれは……。

「エイラ先輩、これはどうも」

ぺこりと頭を下げる。

「あーだる。マジでだるいわ。挨拶回りとか、誰《だれ》が決めたのよ……」

そう愚痴《ぐち》を言う彼女もまた、ドレスに身を包んでいる。今は桃色のツインテールをグルグルにまとめて、それを左右に留めている。でも胸は……うん、胸はない。かすかな膨らみがあるけど……これはまぁ、未来に期待だね！

もう希望はないかもしれないけど……。

「先輩、希望はありますよ！」

「？　そう？」

「ええ……常に可能性というものは追求すべきです！」

「……まぁそうだけど。で、あんたは一人なの？」

「友達は挨拶あるとかで、今はぼっちです。僕には挨拶する人もいないので」

「……なら私に付き合いなさい。ユリアでも役に立つでしょうから」

「？　どういうことです？」

「このパーティは色々と面倒なのよ。婚約《こんやく》とか、求婚《きゆうこん》されることもあるわ」

「え！　マジですか！」

「そりゃあ都市中の優秀《ゆうしゆう》な人材が来てるんだから、当然よ。それにやっぱり遺伝子は優秀なものを掛《か》け合《あ》わせたいでしょ？　今後の人類のためにも」

「なんだか身もふたもない話ですねぇ……」

「でも遺伝を無視することもできない。実際王族はそうだし、貴族も代々強い対魔師がいる。残念だけど、仕方ないわよ」

「そうですか……大変な世界ですね」

「……そういえば、あなた妙にキマっているわね。自分でやったの？」

「いや友達がやってくれて」

「ん？　友達って男よね？」

「……男友達いないんです。女友達が二人だけで……」

「うわ……私よりも酷《ひど》いじゃない」

「そうなんです。僕も男友達とワイワイしたいのに……」

「ま、人生そういう時もあるわよ。ユリアの場合は黄昏《たそがれ》に二年もいたから、仕方ないわよ」

ポンと肩に手を置かれる。

うぅぅう……優しい。先輩はとても小さいけれど、とても器《うつわ》の大きい人だ。この人に出会えて本当に良かった。

「先輩。僕、先輩に一生ついて行きます！」

「え、うん……急にどうしたの？」

「先輩の偉大《いだい》さに気がつきました！　本当にエイラ先輩は大きな人です！」

「そ、そう？」

「えぇ……とても大きいです！」

「え、えへへへ。そうかな、かな？」

「もちろん！」

と、先輩を褒《ほ》め讃《たた》えていると……やって来たのは見知らぬ男性だった。

「エイラ、君がそんなに機嫌《きげん》がいいなんてとても珍《めずら》しいね」

「げ、デリック……」

身長はかなり高い。僕よりも十センチ以上は上だから、百八十センチ台後半。髪《かみ》は短髪《たんぱつ》で、顔は美形というよりも……中性的な感じだった。柔《やわ》らかな物腰《ものごし》だけど、そこには大人の気品というものが感じられた。

一体この人は？　エイラ先輩の知り合いだろうか？

「僕はデリック。初めまして、ユリアくん」

握手《あくしゅ》を求められるので、僕は手を握《にぎ》る。分厚い。この手は、何万回と剣を握りしめて来た人間の手だ。

「どうして僕の名前を？」

「そこのエイラに聞いたのさ。僕たちは仲がいいからね」

「どこがよ！　私はあんたが嫌いなのっ！」

「ははは……相変わらず、エイラは可愛いね」

「むきぃいいいッ！」

先輩はなんとか殴《なぐ》ろうと試みるも、リーチ差が激しすぎて頭を完全に押さえつけられている。うわぁ……あのエイラ先輩をこんな雑に扱《あつか》うなんて……と思っていると、デリックさんはにっこりと微笑《ほほえ》み自己紹介《じこしょうかい》を続ける。

「僕もSランク対魔師の一人なんだ。これからよろしくね」

「……Sランク対魔師！　これはこれは……宜《よろ》しくお願い致《いた》します……」

僕はさらに頭を丁寧《ていねい》に下げる。すると、デリックさんはぽかんとした顔をする。

「そういえば、あの件は聞いてる？」

「何の話ですか？」

「このパーティのメインだけど、まさか……」

「？　そういえば、何か催《もよお》しがあるんですか？」

「いつもは特にないね。王族の方と、サイラスがSランク対魔師代表として挨拶をするくらいだけど」

「……その言い方だと、今回は何かあるんですか？」

「あら、ユリア。あんた聞いてないの？　まぁ……サイラスっていつも話すの遅いからねー。こりゃあ可哀想《かわいそう》に。なんの準備も出来ていないでしょうに」

なんだか二人に同情されている……？　そんな感じだが、意味が分からない。一体何があるというのか。

「さてでは今回の主役である、十三人目のSランク対魔師であるユリア・カーティスに来てもらいましょう」

壇上《だんじょう》ではサイラスさんがマイクを持ってそう告げている。え……あのステージってそういうためのものなの？　誰かが挨拶をすると思っていたけど、まさか……。

また、Sランク対魔師になる件はすでに了承《りょうしょう》したと伝えていた。ダンたちの件を踏《ふ》まえて、彼らに見せつけるわけではないが……其《そ》れなりのポーズは必要だと思ったからだ。それにこれ以上、彼らにバカにされるのも……もう嫌になってきたのもある。形として色々と示す必要があるのだろう。

もちろん理由はそれだけではないが、僕は前に進むことに決めたのだ。彼らとの過去も、自分自身の立ち位置も明確にする必要がある……そう思っていた。

でも流石《さすが》にこんな形になるとは予想もしていなかったので、当然戸惑《とまど》ってしまう。

「さ、ユリアくん。どうぞ」

こうして僕は正式にSランク対魔師になるみたいだが……まさかこんな形とは夢にも思ってなく、ガチガチに緊張しながらステージへと向かうのだった……。

「ちょっと、サイラスさん聞いてませんよ！」

「え？　言ってなかったかい？」

「……言ってませんよ！」

「まぁまぁ、軽く挨拶するだけだから。それに君は人類の希望の一人になるんだ。これぐらい仰々《ぎょうぎょう》しくてもいいだろう？」

「……分かりました」

厳密にはまだ納得《なっとく》していないが、僕《ぼく》はサイラスさんからマイクを受け取るとステージの真ん中に立って挨拶を始める。

「えーっと、皆《みな》さん初めまして。ユリア・カーティスと言います。この度は十三人目のSランク対魔師に選ばれて非常に嬉《うれ》しく思います。これから人類のために粉骨砕身《ふんこつさいしん》尽くしていこうと思います……」

ちょっと硬《かた》いか？　と思いつつも僕は言葉を続けようとしたが……ん？　なんか目の前

に人の塊《かたまり》ができていて、なぜかマイクを持っている。

えっと……もしかしてこれって……。

「おめでとうございます。十三人目のSランク対魔師の就任、きっと全人類が嬉しく思うはずです」

「あ、ありがとうございます」

なんか記者会見みたいになってるー⁉　マスコミもいたの⁉　どうりで人が多いはずだ！　え……もしかしてこれって、全部の質問に答える感じ？

「さて質問なのですが……」

あ、やっぱり質問きたぁ……。

「十三人目のSランク対魔師が選ばれる。これはすでに知っていた人も多いと思うのですが、おそらく一番の関心は……あなたの経歴です。その中でも、黄昏に二年間もいたという噂《うわさ》は本当でしょうか？」

そして、僕は記者の質問に答える。

一応、僕が黄昏にいたことは公表してもいいとサイラスさんに言われたので、正直に答える。

「……事実です。僕は二年間黄昏にいました。結界都市に帰ってきたのもつい最近です」

「噂は本当であるという事で……？」

「間違いないです」

その瞬間《しゅんかん》、「特報、特報だッ！」そう言いながらこの会場から出ていく何人かの姿が見えた。

え……もしかしてもう記事になるの？　これってもしかして……やばい？

僕はあまり目立ちたくはない。それはきっと生来の性格だ。内向的なのは変えようがない。だからこそ、少し怖気付《おじけづ》いてしまうが……顔には出さないようにする。急とは言え、僕は正式にSランク対魔師になったのだ。ならば毅然《きぜん》と振る舞《ま》うべきだろう。

「黄昏ではどのような生活を……？」

「それは……」

そこからこの会見は二時間にも及《およ》んだ……。

「疲《つか》れたぁ……」

「ま、よくやったんじゃない？」

ステージから降りると近くにやってきたのはエイラ先輩だった。こんな時に声をかけてくれるなんて、やっぱり先輩は優《やさ》しい。

「サイラスさんっていつもあんな感じなんですか？」

「まぁちょっと天然入ってるわね。でも、それで起きたことも楽しんでいるというか……」

「最悪じゃないですか……」

「さて、行くわよ」

「行くって？」

「会議よ。Sランク対魔師の。今回は珍しく全員いるからね。でも、他の結界都市のことを考えるとSランク対魔師をここに集めるのは良くないわ。多分、一時間もしないうちに終わるわ」

「今度は会議……」

「多分、自己紹介させられるわ。私もそうだったし」

「そういえば、エイラ先輩はいつSランク対魔師に？」

「一年半前よ」

「あぁどうりで知らなかったはずだ……あれ、でも数は僕が知っている時と変わっていませんが？」

「私は序列十二位だけど、前任が死んだの。だから補充《ほじゅう》って感じね」

「そんなホイホイ補充できるんですか？」

「無理ね。私の場合はタイミングの問題かしら」

「なるほど……」

「じゃ、行きましょう」

「はい」

僕はエイラ先輩の後を追った。そしてこの会場を出て行く際、ちょうど出口付近にダン、レオナ、ノーラの三人がいた。みんな信じられない……という感じよりも、僕に敵対心を持っているのは間違いなかった。

どうしてあいつが？　どうして落ちこぼれだったあいつが？

そんなことを考えているに違《ちが》いない。それに会見ではなぜ黄昏に二年も？　という質問は適当に濁《にご》しておいた。

ここで断罪しても良かったが、彼《かれ》らとは直接話すべきだと思っているからだ。もう僕はあの頃の僕じゃない。

Sランク対魔師のユリアなのだから。自分の過去には、自分で始末をつける……そう、覚悟《かくご》を決めたから。

そして僕は敢《あ》えてその視線を無視して、その場を去る。

会議室に到着《とうちゃく》。そこには大きな円卓《えんたく》が中央に置かれていた。そして右側から序列順に座《すわ》って行くらしい。僕は序列十三位なので、とりあえず一番最後。と言ってもエイラ先輩の隣《となり》なのでちょっと安心だ。

「先輩、僕……先輩と知り合えて良かったです。本当に頼《たよ》りになります」

「な、何よ、唐突《とうとつ》に……」

「あー！　エイラってば、照れてる～。ユリアくんと仲良くなったのぉ～？　いいなぁ～、いいなぁ～」

「げ、クローディア……あんた早いわね……」

「ユリアくんが来るんだもーん！　そりゃ、早く来るよ！」

そこにいたのは第七結界都市で出会ったクローディアさんだった。

「改めて自己紹介ね。私はクローディア。序列は七位よ、よろしくね？」

「はい。よろしくお願いします」

握手をするために近づくとふわっと香水《こうすい》の香《かお》りが僕の鼻腔《びこう》をくすぐる。大人の女性……というのがぴったりの印象。身長は僕よりも少し高く（ヒールを履《は》いているためだろうが）、髪は長髪《ちょうはつ》のブロンドを縦に巻いている。そして何よりも、物腰柔《ものごしやわ》らかいというかフレンドリーな人だ。

それにしても、エイラ先輩はデリックさんといい、クローディアさんといい苦手な人多いんだな……。

そうしていると、さらに別の人が近づいて来る。

「よ、ユリア」

「これはギルさん。ご無沙汰《ぶさた》しています」

「俺《おれ》は序列三位だ。改めてよろしくな」

「はいっ！」

ぺこりと頭を下げる。ギルさんもまた、兄貴分という感じでとても頼りになる印象だった。どうやら僕は手厚く歓迎《かんげい》されているようだと、思った。

「はいはーい。みんな席について、会議やりますよ」

そう言って残りのメンバーとサイラスさんが入ってきた。でも、その他のSランク対魔師の人とは挨拶をしなかった。僕は一人一人に挨拶回りをしようとしたのだが、「やめときなさい。時間の無駄《むだ》よ。Sランク対魔師はそりゃあ化け物みたいに強いけど、クセの強い奴《やつ》が多いのよ」とエイラ先輩に言われたので断念。

そして僕を含《ふく》めて十三人が円卓に揃《そろ》う。

知らない顔の方が多いが、それでもその雰囲気《ふんいき》だけでただ者ではないことが分かる。分厚い殺気を幾重《いくえ》にも重ねてコートのように着込んでいる感じだ。

なんだかこの部屋の空気は重い。そう直感的に僕は感じていた。

「では新しいSランク対魔師のユリアくんに挨拶をしてもらいましょう。どうせ君たちのことですから、さっきのパーティに出ていたのは数人でしょうからね。では、ユリアくんお願いします」

「はいっ！」

僕は立ち上がって全員の値踏《ねぶ》みをするような視線をもろに浴びながら、自己紹介をする。

「ユリア・カーティスと言います。Sランク対魔師に選ばれて、光栄です。皆さんのように人類に貢献《こうけん》したいと思っているので、よろしくお願いします」

そう言ったと同時に、僕は自分の目の前にナイフが飛んできていることに気が付く。速い……というよりも、意識の外を縫《ぬ》うようにして放たれた感じだ……でも……。

僕はすぐに不可視《インヴィジブル》を壁《かべ》にするように発動。そしてその壁を包み込むように変化させ、僕はナイフの勢いを殺し掴み取《と》った。殺意はなく、ただ試《ため》すような一投。それでもかなりの技量があるのは、すぐに理解できた。

「なるほどな。サイラス、ギル、クローディア、エイラが推《お》すだけある。まぁまぁ出来るみたいだな。ちなみに俺はロイだ、よろしくな」

そう発言したのは、サイラスさんから四番目の席にいる人。髪はツンツンに立ち上がっていて、その色も青とか緑とか黄色とかが混ざって奇抜《きばつ》そのもの。それにサングラスもしている。ずっと気になっていたけど、序列四位の人はどうやらかなり好戦的で派手な人のようだ。

「それで、黄昏に二年もいたってのはマジか？」

「は、はい……本当です」

「レベルは？」

「黄昏症候群《トワイライトシンドローム》ですか？」

「それ以外ねぇだろうが」

「レベル五ですが……腕《うで》を見てもらえば……」

僕は右腕を完全にさらけ出す。すると、全員がまじまじとそれを見つめる。

「はッ、ハハハハハ。こりゃあ化け物だな。ここまでのやつはオメェが初めてだな。認めてやるよ、ユリア。テメェも最前線の地獄《じごく》のような戦場で戦うんだ、これからまぁ……頑《がん》張《ば》れや」

そして次はサイラスさんが口を開いた。

「さて、恒例《こうれい》のことも終わったようだね。では改めて……ようこそ、Sランク対魔師へ」

そして全員の視線が改めて集まると、僕は実感する。自分はＳランク対魔師になることを認められたのだと。

僕は、人類最後の希望と評されているＳランク対魔師の一員になるのだった。

Ｓランク対魔師になったからこそ、僕たち……いや、僕の目標はただ一つだ。それは、この世界に青空を取り戻すこと。この黄昏の世界から解放され、人類を自由にすることだ。そのために、僕はこの人たちと共に戦っていくのだろう。もう覚悟は決まっている。きっといつか、真っ青な空を世界に取り戻すために、僕らは戦い続けるのだ。

「では、これで解散。各々《おのおの》自分の担当の都市をしっかりと守るように」

サイラスさんがそう言って、この日は解散になった。あの後は特別なこともなく、ただ淡々《たんたん》と会議は進行して行った。例の赤いクリスタルのことも議題に挙がったが、現状としては要注意……ということで話はまとまった。そして僕は残りのＳランク対魔師の人ともろくに挨拶をすることもなく、そのまま会議室を後にすることになった。

「それじゃあ、ユリア。またいつか会いましょう。と言ってもＳランク対魔師は都市間の移動が多いからすぐに会えるわよ」

「はい。エイラ先輩《せんぱい》には大変お世話になりました」

ニコリと微笑む先輩。新人の僕にここまで優しく接してくれて、本当に頭が上がらない。

さてここでもうお別れだ。本当に名残惜《なごりお》しいけれど……またいつか会えるんだ。それまでに僕もしっかりと役目を果たすことにしよう。

「エイラ、待っていたわよ」

「お母さん？　どうしてここに？」

エイラ先輩はどうやら家族の人が待ってくれていたみたいだ。家族、か。僕には縁《えん》のない言葉だ。物心ついた頃には、僕は一人でいるのが当たり前だった。そして黄昏での二年間も一人だった。こうして戻ってきて新しい人脈は築いているものの、まだ自分は一人だという認識《にんしき》は拭《ぬぐ》えていなかった。

邪魔《じゃま》しちゃ悪いし……早く行こう。

「あら？　あなたはユリアさんですよね？」

「あ、はい……そうですけど……」

そう思っていたけど、僕に声をかけてくる。ここで邪険《じゃけん》にするのも悪いし、挨拶程度はしておこう。

「私はエイラの母で、ライラと申します。以後お見知り置きを」

「これはご丁寧にどうも。ユリアです」

「ふふ……」

「どうしました？」

「いえ、娘が嬉しそうに話しているのなんて久しぶりに見たものですから」

「ちょ！　見ていたの！」

「ええそれはもう。ユリアさん、娘はまだ色々と問題もありますが仲良くしてあげてください。根はいい子ですから」

「もちろんですっ！　それにエイラ先輩には大変お世話になっているので！」

「あらあらまぁまぁ……本当にいい人に出会えたのね、エイラ」

「ふん……別にいいでしょう。私の交友関係なんだから、放っておいてよ……」

顔が少し赤くなっているのは、多分……気のせいじゃなかった。先輩も照れたりするんだなぁ……と思いながら、僕はそのやりとりを微笑ましく見つめていた。

そして僕たちはそこで別れた。

第五章　崩壊《ほうかい》

付けられている……王城を出た瞬間には、それを感じ取っていた。明確な敵意を込めた視線。でもこれじゃあ本能的に生きている動物と変わりない。黄昏の中では、敵意や殺意をギリギリまで隠していて殺すときにだけそれを剥《む》き出《だ》しにするという技術があった。それは危険度が低い魔物《まもの》でさえしていたことだ。

こんなにも敵意をばらまくようになって、よっぽど感情的になっているのだろう……そして僕は誘《さそ》い込むようにして路地裏に入り込む。ここならそれほど大きな騒《さわ》ぎになることもないだろう……もう覚悟は、決まっている。

「……ユリア」

「……ダン。それに、レオナとノーラも」

三人とも僕をじっと睨《にら》んでいる。中でもダンの目つきは一番鋭《するど》い。もう次の瞬間には殺しにかかってきていてもおかしくはない。もちろん僕もただやられるわけにはいかない。最悪の場合は武力行使も厭《いと》わない。決別の時がやってきたのだ。Sランク対魔師になったのだ……もう、恐《おそ》れることはない。それ相応の振《ふ》る舞いをしなければ……。

「テメェが十三人目のSランク対魔師？　なんの冗談《じょうだん》だよ、おい」

「冗談じゃない。さっき、Sランク対魔師の会議にも出席して正式に十三人目として活動することになったよ」

「……そんなことはどうでもいいんだよ。テメェ、何を使った？」

「……使う？」

「とぼけるなッ！　何か薬でも使ってるんだろうがッ！」

「そうよ！　じゃないとありえないわッ！」

「ユリアがSランク対魔師なんて、ありえないッ！　私たちよりも先に行ってるなんて、ありえないのよッ！」

ひたすらの罵《ば》詈《り》雑《ぞう》言《ごん》。あぁ……きっと認められないのだろう。自分たちが今まで虐《しいた》げてきた人間が、死ぬと分かっていて見捨てた人間が、戻ってきたと思ったらSランク対魔師になっているなんて……認められないし、認めたくないのだろう。

でも現実は違う。僕は彼らによって黄昏の世界に追放されたが、生き抜《ぬ》いた。そして力を身につけ、Sランク対魔師に至る。これが他でもない、事実なのだ。

ダン、レオナ、ノーラの三人は才能があり、確かに優秀だった。

故《ゆえ》に、認められない。だから彼らが次にやることなんて簡単に分かった。

「ユリアアアッ！」

ダンがブロードソードを引《ひ》き抜き、さらには身体強化もしてきて僕の方へと駆けてくる。レオナとノーラはサポートで、僕の周囲に氷の壁、さらには逃げられないように結界を張っている。

三人から感じる敵意。堕《お》ちるところまで、堕ちてしまったか……それなら、もう躊躇《ためら》うこともないだろう。今まで我慢《がまん》してきた。彼らもまた、いつか分かってくれると思っていた。でも人間はそんな簡単に変われはしない。僕も強くはなったけど、この性格そのものに大きな変化はない。そしてダンたちも一生このままなのだろう。他人を見下し、悦《えつ》に入《い》る。

その下衆《げす》な思考、行動が自分に向けられているのだ。もう、迷うことはない。そうだ、もういいだろう。僕も我慢してきた。いつか分かり合える日が来るかもしれないと。でも、僕たちは永遠に平行線だ。もう無理なのだ。

前の件があって色々と考えた。

でもやっぱり、彼らはそういう人種なのだ。

優しい人間でありたいとずっと思ってきた。

それは両親の影響《えいきょう》などもあるが、僕は知った。この世界には善人もいれば、悪人もいる。

そして黄昏の世界では弱肉強食を知った。

もう関《かか》わりたくない、彼らのことは忘れたい。そう思ってここに帰ってきてからずっと逃げてきた。逃げて、逃げて、逃げていた。僕は強くなったけど、心は弱いままだった。

でも優柔不断《ゆうじゅうふだん》な自分はもう、終わりにしよう。全《すべ》てに優しくなど出来はしないのだから。

ポケットからナイフを引き抜くと、僕は不可視刀剣《インヴィジブルブレード》を発動。ダンの剣《けん》を真正面から受け止める。

「ぐ、ぐおおッ!!　ユリアアアアッ!!」

三人ともに敵意はある。だが、ダンの敵意は特別だ。嫉妬《しっと》、羨望《せんぼう》、憎悪《ぞうお》、様々な感情が混ざり合っている。

彼が成したいのは僕を屈服《くっぷく》させること。

何よりも彼らが言っていたことなのだ。人間社会も弱肉強食なのだと。でも、現状を見るに僕はＳランク対魔師で彼はＢランク対魔師。その実力は一見すれば近そうに見える。だがＳランク対魔師とは人類の希望。人類の象徴《しょうちょう》でもあるのだ。格が違うのは明白だった。

それに強くなったといっても、ダンの技量は明らかにシェリーよりも劣《おと》る。彼は努力なんて才能のないゴミがすることだと言っていた。レオナとノーラも一緒《いっしょ》だ。彼らは才能に恵《めぐ》まれていた。だからずっと強かった。

確かにダンたちは才能に溢《あふ》れていたけど、才能だけでは限界がある。ダンはまさにそれだった。才能だけを重視する、そして努力を軽視する。だからきっと、僕のことが許せないのだろう。

「……ダン、レオナ、ノーラ、もう終わりにしよう」

僕は不可視刀剣《インヴィジブルブレード》を思い切り振るい、ダンのブロードソードを弾《はじ》き飛《と》ばした。さらに、指先から伸《の》ばした不可視刀剣《インヴィジブルブレード》でレオナとノーラの身動きも封《ふう》じる。

はっきり言って弱すぎる。この程度ならどれだけ束になろうとも捌《さば》ける。

そして僕はダンの鳩尾《みずおち》を思い切り蹴《け》ると、目の前に尻餅《しりもち》をつかせる。

「ごほっ……テメェ、ユリアッ！　あ……？　え……？」

気がついていないのだろう。僕は不可視刀剣《インヴィジブルブレード》をダンの左脚《ひだりあし》に突《つ》き刺《さ》した。と言っても貫《かん》通《つう》するほどはやっていない。後遺症《こういしょう》も出ない程度。ただ軽く、刺しただけだ。

「うわあああッ!!」

「ダンッ！」

「大丈夫《だいじょうぶ》なの⁉　ユリア、これは犯罪よッ！」

どの口が……明らかに正当防衛だろう。三人で寄ってたかって攻撃《こうげき》をしてきた癖《くせ》に。

まぁ、過剰《かじょう》防衛にならない程度にやるつもりだが……其れなりに加減をしないといけない。

「ユリア、テメェ……やりやがったなッ！　俺の脚を！」

きっとまともに傷つくのも初めてで動揺《どうよう》しているのだろう。僕はその光景をただ冷たい目で見ていた。

そして僕はもう一度ダンの脚に不可視刀剣《インヴィジブルブレード》を突き刺そうとするが、ダンが急に笑い始める。

「ククク……お前が、ユリアが悪いんだぜぇ？」

その刹那《せつな》、僕はどこからともなく現れた魔物の存在を感じ取る。

一体どこに……！

そう思って僕は周囲の気配をたどる。

「い、いやあああああああッ！」

そこにノーラの悲鳴。僕はただ事ではないと思って後ろを振り向《む》いた。

すると、ノーラとレオナの二人は巨大蜘蛛《ヒュージスパイダー》に捕《つか》まっていた。そしてその大きな口に飲み込まれようとした瞬間、僕はすぐに二人のもとに全力で駆《か》け寄《よ》ると、そのまま不可視刀剣《インヴィジブルブレード》でその巨大蜘蛛《ヒュージスパイダー》を切《き》り裂《さ》いた。

そして二人はそのまま地面に落ちてくるも、負傷しているのか腕と足から出血していた。

「二人とも！　大丈夫⁉」

「あああ……ユリア。あ、ありがとう……」

「うん。助かったけど。ど、どうして魔物があんなところに。しかも、巨大蜘蛛《ヒュージスパイダー》だなんて……」

二人は出血した箇所《かしょ》を押《お》さえて、そのまま魔法《まほう》によって治療《ちりょう》している。

幸いなことに、二人とも重傷ではない。巨大蜘蛛《ヒュージスパイダー》に捕まった際に、皮膚《ひふ》を擦《かす》った程度だった。

そして僕は、ダンを見据《みす》える。彼だけは異質だった。まるでそう……巨大蜘蛛《ヒュージスパイダー》が現れることを知っていたかのような、そんな振る舞いだった。

「ははははは、ハハハハッ‼」

ダンは急に笑い出す。この緊急《きんきゅう》事態が理解出来ていないのか？　そして僕たちは、そうこうしている間にあっという間に囲まれてしまう。するとダンは急にすっと立ち上がり、そのまま大量に現れた巨大蜘蛛《ヒュージスパイダー》の方へと駆けていく。

「ダンッ！」

何を考えているんだ？　死ぬつもりなのか？

そう考えた刹那、僕はありえない光景を目にする。

「はは……ははは……やっぱりだ。あの人の言う通りだった。ハハッ！　やった、俺はやった！　やったんだッ！　これで俺はお前を超《こ》えることができるッ！　俺こそが、最強になるんだッ！」

「何を……何を言っているの……ダン？」

その光景は異質だった。そう、彼の周りには巨大蜘蛛《ヒュージスパイダー》がいた。いるけれども、襲《おそ》われたり、食べられたりはしていない。まるで彼を守っているかのように、取り囲んでいるのだ。

「なぁ、ユリアお前は強くなったよなぁ。あぁ知っているとも、あの人から散々聞かされたからなぁ。でも、俺も強くなる。なれるんだよぉ……」

「何を言っているんだ？」

「全てはこの時のためだ。レオナとノーラは殺すつもりだったがな。ちょうどウゼェと思っていたからなぁ。でもまぁ、これだけの魔素《まそ》が満ちていれば……俺はなれる、最強の存在になぁ……」

その言葉に僕はギリっと歯を噛《か》み締《し》める。

そして僕の後ろに控《ひか》えている二人は僕の体を震《ふる》える手で掴《つか》んでいた。

「ダン……どうして！」

「そうよ！　ほ、本当に殺すだなんて……！」

「あ？　お前らはなぁ……弱いんだよ。それになぁ、ユリアに肩入《かたい》れしようとしただろ？　さっきの戦闘《せんとう》も少し手を抜いていたよなぁ？」

「そ、それは……」

「だ、だってユリアも……頑張って戻《もど》ってきたんだし……その、可哀想じゃない……私たちに言う権利なんてないって……わかってるけど……」

「だからお前らはもういらねぇんだよ。ユリアごと殺してやるよ」

ダンのその双眸《そうぼう》は完全に殺意に満ちている。

もう僕らは完全に別れてしまった。先ほどまでなら、まだ戻れるはずだった。でもダンは……人類を売ったのだ。それは彼の周りにいる巨大蜘蛛《ヒュージスパイダー》を見れば自明だった。

「ダン……君は……」

「そうだよ。俺はすでに人類じゃない。魔族についたんだよ!!」

「人類を売ったのかッ……！」

「おかしなことを言うな。人類はもう負ける。なら、勝つ方に付くのは当たり前だろう？」

「一体いつから……いつからこんなことを……！」

「お前が黄昏《たそがれ》から戻って来る直前、俺はある人に会った。その人のおかげで、俺は強く成れる方法を教えてもらった。お前以上になぁッ!!」

吹《ふ》き荒《あ》れる魔素。僕は黄昏眼《トワイライトサイト》を展開しているからこそ分かる。魔素がダンを包み込むように収束していき……そしてそこに現れたのは異形そのものだった。

「ハハハハハハハッハハハ！　なぁ、ユリアッ!!　俺はお前よりも強いッ！　お前なんかよりも強いんだよおおおお！」

ダンの姿はすでに人間ではなかった。その体は完全に黄昏に支配されており、赤黒い模様が体全てを侵食《しんしょく》。僕は右腕だけで済んでいるが、ダンは完全に一体化。その姿はまるで、まるで……魔族そのものだった。黄昏症候群《トワイライトシンドローム》の行き着く先はあそこだとでも言うのか？

それに『あの人』とは誰《だれ》だ？

ダンに何を吹き込んだ？

それに僕が黄昏から戻って来る直前？　ならこれは……その時から計画されていたことなのか？　まさか……人類に裏切り者が……彼以外にもいるのか……？

そう考えると、流石にダン一人でやったとは到底《とうてい》思えない。通常は結界都市にはかなり強固な結界がある。巨大蜘蛛《ヒュージスパイダー》程度では突破《とっぱ》できないはずだ。ならば、そこから導かれるのは……。

「死ねえええええッ!!　ユリアあああッ!!」

考えている間も無く、ダンは大地を駆けブロードソードを振るう。その一閃《いっせん》の鋭さはすでに今までのダンではない。確実に成長している……いや、これはそんなものではない。人間を超えている……そう言うのが正しいと思った。

「二人とも、そこを動かないでッ！　僕はダンをどうにかするッ！」

「……わ、分かったわ」

「う、うん……！」

レオナとノーラにそう告げると、改めてダンを見据える。

完全に異形と化している。

ダン、どうして……どうして君は……。

と、心の中で思うも完全に手遅《ておく》れなのだと僕は分かっていた。

だから僕はダンと戦う。

そしてこれは……完全なる殺し合いだった。

僕は右手にナイフを構えると不可視刀剣《インヴィジブルブレード》を発動。

それと同時に、ダンの繰《く》り出すその攻撃を躱《かわ》す。

「ユリアあああッ！　避《よ》けるんじゃねええッ！」

すでに正気は失われている。そこにあるのは怒りと憎しみのみ。それだけが彼を支配していた。

ダンどうして……そう思うも、時間は戻りはしない。彼は人類を売り、そして僕とレオナとノーラを殺すつもりだった。もう戦いは止まらない。

すでに賽《さい》は投げられたのだ。

僕は自由の利《き》く右足を起点にして、不可視刀剣《インヴィジブルブレード》を発動。そして……そのままダンの胸に突き刺した。

「う……ごほっ……ユ、ユリアアアッ！」

「な……！」

僕の不可視刀剣《インヴィジブルブレード》は確かに心臓を貫《つらぬ》いた。だと言うのに、ダンは死なない。さらに殺意を増して僕に攻撃を仕掛《しか》けてくる。

「さぁ、楽しもうぜぇ……なぁ、ユリア……？」

そして、さらなる攻撃《こうげき》が僕を襲う。

「……」

睨み合《あ》う。だがそれと同時に、第一結界都市が襲撃《しゅうげき》されていることに気がついた。

悲鳴と怒号《どごう》が止《や》むことはない。

その光景が目に入ると、燃えるような、灼《や》けるような怒《いか》りが僕の中に湧《わ》いてくる。

そう思うと、なおさら彼をこのままにしておくわけにはいかなかった。

「いいぜぇ、ユリアッ！　その憎悪に満ちた目、お前も分かってるじゃねえええかッ！」

依然《いぜん》として異常なまでの興奮状態のせいなのか、ずっと話し続けている。僕はそれに答えない。話をするだけ無駄だし、無駄な体力の消耗《しょうもう》は避けたい。そしてこの戦いは自分の全力を出すと決めていた。

僕の不可視刀剣《インヴィジブルブレード》は任意に長さを変更《へんこう》できるし、それに起点に限界はない。右手で握《にぎ》っているナイフと、空いている左手、それに両足からも不可視刀剣《インヴィジブルブレード》を発動できる。

さらにリーチを変えることができる上に、質量はナイフの分しかない。そのために取り回しは圧倒的《あっとうてき》。また、指と足から発動する分には重さも感じない。それにナイフでも些細《ささい》な程度だ。

そして何よりも特筆すべきは、黄昏領域《トワイライトフィールド》に対して絶大な切り札になりうる。僕は黄昏眼《トワイライトサイト》でダンを覆《おお》っている赤黒い領域を知覚する。それは上位の魔物特有のどこまでも赤黒く染まりきった色をしていた。もうこれは人間ではない。魔物そのものである。

そしてダンの剣戟《けんげき》を躱《かわ》し、僕は不可視刀剣《インヴィジブルブレード》にその魔素を蓄積《ちくせき》していた。不可視刀剣《インヴィジブルブレード》はその真の姿を現し、黄昏色に染まった不可視刀剣《インヴィジブルブレード》が顕現《けんげん》する。もちろんそれに付随《ふずい》して、僕の身体能力、魔法の技量も底上げされていく。

この不可視刀剣《インヴィジブルブレード》の利点を全て活《い》かせば、たとえ強化されたダンであっても圧倒《あっとう》できる。

僕はそう確信していた。

「は……あ……？」

呆然《ぼうぜん》とした声を出すダン。

僕《ぼく》の不可視刀剣《インヴィジブルブレード》の性質を知らない。

だから、反応が全くできていない。ナイフを持っているから、そのリーチの短さに油断していた。もちろん、僕はそれを逃《のが》すわけもなく彼の左腕《ひだりうで》を弾き飛ばした。本当は首を取るつもりだったが、流石《さすが》にヤバイと分かったのかそこは反応してきたようだ。

「ははは、やるじゃねぇかユリア……でも俺はなぁ……こんなこともできるんだよぉおおおおおおッ！」

刹那、彼の腕の切断された部分から肉が盛り上がってくるとそれは腕の形を形成し……そのまま定着。今までと変わりなく、ダンの腕は再生した。

再生する体。僕はそれを見ると、ふと思い出していた。待てよ……確かここにくる途中《とちゅう》で出会った巨大蜘蛛《ヒュージスパイダー》も同じだった。普通《ふつう》ではありえない再生能力。それを踏《ふ》まえると、あるんじゃないかと思った。

ダンにもまた、あの赤いクリスタルのような核《かく》が存在しているのではないかと。

深呼吸。ここから先はもう、間を取らない。

「……」

「う、うああ……ああアアアアア！」

ダンが頭を抱《かか》えると周囲にはさらに莫大《ばくだい》な魔素が流れ出る。

そしてそれはさらにダンの容貌《ようぼう》を変化させる。

「……あああ、アアアアアア！」

「そんな……ダン、君は……」

もう言葉も話せないのか、ダンは完全に魔物と化してしまった。

身体中《からだじゅう》から溢《で》れ出る魔素に、皮膚からは赤黒い棘《とげ》のようなものが重なり合うようにして現れる。またその双眸は赤黒く染まりきっていた。

あの黄昏で僕は何度も見てきた。

これは完全に黄昏に染まり切った魔物そのものだった。

ダンどうして……どうしてこんなことに、と思うももう遅《おそ》かった。

せめてもの手向《たむ》けに……僕がここで引導を渡《わた》すべきなのだろう。

覚悟を決める。

今までは、黄昏で多くの魔物を殺してきた。そうしなければ自分もまた殺されてしまうからだ。だから今回も同じだ。弱肉強食。その世界に、僕らは生きているのだから。

「……ダン、いくよ」

その後、僕はダンを圧倒した。

変幻自在《へんげんじざい》に変わるリーチ。それに相手がナイフに着目しても、僕は左手の指と、それに両足からも不可視刀剣《インヴィジブルブレード》を発動する。僕の不可視刀剣《インヴィジブルブレード》は相手の黄昏領域《トワイライトフィールド》が濃《こ》ければ濃い程《ほど》、自分の力へと還元《かんげん》できる。

その一方で、相手は黄昏領域《トワイライトフィールド》が薄《うす》くなってしまう上に、魔素も奪《うば》われてしまう。

相性《あいしょう》で言えば、今のダンは僕が最悪の相手になっていることだろう。

赤黒い軌跡《きせき》が走る。

距離《きょり》感は掴ませない。それに圧倒的な速さ。質量がほぼないため、その剣戟は圧倒的。

完全に魔物化したとはいえ、ダンはスピードの面でも僕についてこられていなかった。

また全ての攻撃は毎回ブレードの長さを変更して、対応できないようにしている。以前の長さをフェイントにも使い、次は長く、次は短く、といった風に僕は彼を翻弄《ほんろう》しつつ、その体を刻み続けた。

もうすでに彼の黄昏領域《トワイライトフィールド》はないに等しい。そして魔素もまた僕がほとんど吸収してしまった。

不可視刀剣《インヴィジブルブレード》は今までの中でも最高に赤黒く染まっており、それだけダンの黄昏領域《トワイライトフィールド》が強力だったことを示しているが……もはや彼《かれ》は死に体だった。

それにナイフは囮《おとり》だというのに、彼は全く他の攻撃に反応できていない。おそらく左手の指、それに足からの不可視刀剣《インヴィジブルブレード》には気が付いていないのだろう。一体どこから、あのナイフに何かあるのかと思っているに違《ちが》いない。

「ユ、リ、アアア、アアアアッ！」

ダンは抵抗《ていこう》を続けるが、僕の不可視刀剣《インヴィジブルブレード》は彼を圧倒する。すでに優劣《ゆうれつ》ははっきりしていた。僕の方が強く、彼のほうが弱いと。そう明確に表れる。

もう、戻れはしない。

ならば、僕の手で決着をつけるべきだろう。

再生はしているようだが、もう遅い。不可視刀剣《インヴィジブルブレード》の速さに付いてこられなくなり……急にダンの体がびくっと震えると、そのまま地面にひれ伏《ふ》す。

「アアア……アアア……あああああ……あああ……」

そう声を上げながら、彼の体は徐々《じょじょ》に崩《くず》れ去《さ》っていく。

終わった。

ダンはすでに体が蒸発しているようで、パラパラと空にその体が分解されながら舞《ま》っていく。

彼が何を思ってこうなったのかは知らない。

裏に何かあるのかもしれない。

でも僕は自分の果たすべき事をなした。

そうして僕がその場に立《た》ち尽《つ》くしていると、後ろからレオナとノーラが近づいてきた。

「ユリア……終わったの？」

「ダンは……もう……」

二人が震えながらそう言ってくるので、僕は淡々と事実を述べる。

「ダンは死んだよ。最後は自壊《じかい》していったけど……」

「そう……そうなんだ……」

「ユリア……今までその、ごめん……本当にごめんなさい……こんなこと言う権利はないけど……助けてくれて、ありがとう……ありがとう……」

「私も……本当にごめんなさい……ありがとう……命を救ってくれて、ありがとう……」

二人は泣きながら僕の胸に頭を預けてくる。

そして僕はその涙《なみだ》を受け入れた。

二人はまだ知らない。この世界がどれほど醜く、非情なものなのかを。その片鱗《へんりん》を味わっただけでも、こうして心が壊《こわ》れそうになる。

でもそれでいい。その弱さがきっと、強さにつながるのだから。

それにしても……ダンがどうして裏切ったのか。それにあそこまで完全に魔物化する人間のことは、わからない。だけど、僕たちは先に進まないといけない。

まだ周囲で魔物の侵攻は続いている。

悲鳴、怒号が止むことはない。

残っている人々を助けないといけない。

それがSランク対魔師としての僕の使命だ。

レオナとノーラを助けることができたように、僕はもっと多くの人の命を助ける必要がある。

「……さようなら、ダン」

そう呟《つぶや》いて、僕は燃え盛る街へと繰り出していく。レオナとノーラの手を引いて、進んでいく。ダンの死体は完全に消失してしまった。

けれどもう、振り返《かえ》ることはなかった。

僕は未来《まえ》に進む。

第六章　黄昏を切り裂く光になる

「はぁ……はぁ……はぁ……」

僕は街の中を懸命《けんめい》に駆けていた。

レオナとノーラは気力が戻り、それに途中で救助をしている対魔師の人たちに出会った。

僕はその人たちに二人を任せると、一人で戦闘を繰り広《ひろ》げていた。

現在はナイフではなく、十本の手の指と両足を使って不可視刀剣《インヴィジブルブレード》を発動し、器用に使い分けながら、魔物を駆逐《くちく》していた。

存在しているのは巨大蜘蛛《ヒュージスパイダー》だけだが、数が多すぎる。

僕は自身の持ち得る最大の火力をもってその数を減らしているが、次々と増え続ける魔物。都市の外壁《がいへき》を見ると、そこからはさらにわらわらと増援《ぞうえん》がやってくる。

くそ……キリがない。

これは母体を叩《たた》く必要がある。

魔物は基本的に集団行動をして、リーダー的な存在の母体というものがいる。だがこの様子を見るに、母体は都市の外にいる。おそらく距離を取っているのだろう。黄昏眼《トワイライトサイト》で確認《かくにん》しても、近くに大きな魔物の気配はしないからだ。

そして僕は現状を知るためにも、王城に向かっていた。

「……待てよ」

ふと、声に出して思う。

ここにはSランク対魔師が全員揃《そろ》っているはずだ。

だというのに、彼らがいる気配がない。

戦っているのは僕と、それに軍の対魔師だけだ。

でも対魔師たちもすでに絶命している人も多い。道端《みちばた》には数多くの人の死体が積まれていた。そして燃え盛る炎《ほのお》に包まれていく。

それに今回の魔物は特殊《とくしゅ》な個体なのか、炎の中でも平然と行動をしている。亜種《あしゅ》的な存在なのだろうか……？

僕は目の前にいる魔物を切り裂きながら王城へとたどり着く。そこは対魔師たちが何とか前線を維持《いじ》しており、僕の姿を見るなりホッとした顔をする。

「状況《じょうきょう》は⁉」

「中に入ってください。あなたが来たら、通すように言われています」

「分かりましたッ！」

よく分からないまま中に入る。すると中には大勢の人がいた。そしてどこかにSランク対魔師がいないか探す。そうして見つけたのは……エイラ先輩《せんぱい》だった。

「ユリアッ！」

「エイラ先輩、状況はッ！」

先輩は負傷した人の手当てをしていた。この中にいる人は負傷している人も多く、血の匂《にお》いで満ちている。悲しむ声、戸惑《とまど》う声、怒りの声、いろいろな声がそこには存在した。

でもどうして、エイラ先輩だけ？

「よし……これで大丈夫なはず。ユリア、状況は最悪よ。とりあえず付いて来なさい」

「了解《りょうかい》です」

そして僕が彼女《かのじょ》に付いていった先は……会議室の前だった。ここに何があるというのだろう？

「サイラス、ユリアを連れて来たわ」

「……生きていたのか。それは朗報だ。さて、単刀直入にいうよ。今動けるSランク対魔師は君とエイラだけだ」

「……そんなッ！」

声を上げる。それもそのはず。他のＳランク対魔師の方々はどうしているのか？　それにどうして扉越《とびらご》しに会話をしているのか？

あの会議の後、僕たちは早く出て行ってしまったのでそのあとのことは知らない。しかしどうやら、察するにここに閉じ込められてしまったということだろうか。

「うおおおおおおおおおおッ！　なんで開かねぇんだよおおおおおおッ！」

「ロイ、ちょっと落ち着きなさい。力を消耗するだけよっ！」

そして中からロイさんとクローディアさんの声が聞こえてきた。

まさか……そういうことなのか……？

「残念だけど、この部屋からしばらくは出れそうにない。全員この中に閉じ込められている。古代の結界だろうね。解除にはまだ時間がかかりそうだ……」

「結界ですか。それもＳランク対魔師が解除できないほどの……」

「あの会議の後の話だ。君とエイラはすぐに出たが、その後、この部屋に結界が唐突《とうとつ》に敷《し》かれた。全員で突破を試みたけど、破壊《はかい》は現状不可能だ。つまり……この状況を打破できるのは、君たち二人だけだ。軍の上層部もこの混乱にはまだ対応できていないようだから、今最大の戦力として動けるのは君たちしかいない」

「……そんな、そんなことって……」

錯綜《さくそう》する想《おも》い。ダンの件もおかしいと思っていたが、この件はもっと異質だ。Sランク対魔師を封じ込める結界の存在もそうだが、何よりも全員を閉じ込めるつもりだったその事実に驚《おどろ》く。やはりこの件はおかしい。異質すぎる……。

何者かの意図を感じずにはいられない。

「ユリアくん、エイラくん……僕たちにはどうすることもできない。すまないが、あとは任せるよ……」

悲痛な声でそういうサイラスさん。きっと外に出てどうにかしたい気持ちで一杯《いっぱい》なのだろう。だというのに何もできない現状で、それも比較的《ひかくてき》最近、Sランク対魔師になった二人にしか任せることができない現状。

だがやるしかない。

僕とエイラ先輩が先導して、この状況を打破しないといけないのだ。

不安はある、恐れもある。僕たちに人類の命運そのものがかかっているのだ。もちろん、怖《こわ》い。僕は強くなった。でもそれは万能《ばんのう》ではない。全てを凌駕《りょうが》できるほど、圧倒的な強さを身につけたわけではないのだから。

それでも、僕には確かな想いがあった。あの地獄《じごく》と化した街をみて、動かないわけにはいかない。僕にはSランク対魔師として、人類の希望として、動く必要がある。ダンの時のように、迷っていてはいけない。僕は……前に進むと決めたのだから。

そう考えると、自然と声は出ていた。

「分かりました……最善を尽くします。これ以上は、やらせません」

「……ユリアと行ってくるわ、サイラス。もし出れたらすぐに合流して」

「……わかったよ。こちらも最善を尽くそう」

そして僕とエイラ先輩は下の階に降りて、現状を話し合う。

「とりあえずは、現状をどうにかしないとね」

「その話ですが、まずはできる限り僕と先輩で削《けず》った後に外にいる母体を倒《たお》す必要があります。外壁の結界は機能していなく、際限なく魔物《まもの》が入って来ています。個体名は巨大蜘蛛《ヒュージスパイダー》。確認したのはそれだけです。ただ数が多い。正直言って、僕の戦闘《せんとう》技能は単体に特化しています。今回のような集団戦になると、どうしても手数が足りません」

「……不幸中の幸いって、こういうこと言うのね。私は逆に集団戦に特化しているの」

「そうなんですか？」

「ええ。だから、雑魚《ざこ》の相手は任せてちょうだい」

「分かりました」

そして僕とエイラ先輩は燃え盛る街へと繰り出《だ》していく。

「はああああッ！」

僕は不可視刀剣《インヴィジブルブレード》で魔物を切り裂き続けた。その一方で、先輩は圧倒的だった。彼女が放つ氷属性の魔法は、全てを凍結《とうけつ》させる。右手と左手を振《ふ》るうだけで、目の前に氷が縦に一気に走って行き、魔物の生命活動を停止させる。

現在は他の対魔師の人には人命の救助と、僕たちが討《う》ち漏《も》らした魔物の撃退《げきたい》を依頼《いらい》している。一方の僕たちは魔物の殲滅《せんめつ》を最優先としている。

だが僕と先輩をもってしても、現状を維持しているのみと言うのが厳しい状況を物語っている。溢れてくる魔物はさらに勢いを増している。それを僕とエイラ先輩が殲滅し、ぎりぎりプラマイゼロと云《い》ったところだ。

やはり外にいる母体を叩く必要がある。僕は黄昏眼《トワイライトサイト》で知覚していた。外から入り込むようにして続いている魔素の流れを。きっとこれを遡《さかのぼ》れば、母体にたどり着けるのに……くそッ！　もっと増援が、増援がいれば……そう思っていると僕は視界に知っている二人がいるのを確認する。

あれは……シェリーとソフィアだ。二人は十人ほどの子どもを囲むようにして、巨大蜘蛛《ヒュージスパイダー》に対処しているが数が多くそろそろ崩壊《ほうかい》しかねない。

「……先輩ッ！」

「わかっているわよッ！」

僕はすでに駆け出していた。そして先輩の氷の領域が広がっていくと、一気に魔物の足元を凍《こお》らせる。今回は彼女たちが近くにいるので、先輩は魔物の足元だけを凍らせている。

そして……一気に距離を詰《つ》めて、一閃。

あっという間にその場にいた魔物全《すべ》ての体を切り裂いてゆく。

「……シェリー、ソフィア。大丈夫？」

「ユリア……生きていたのね……」

「はぁ……助かったぁ……ちょっと、本気で死を覚悟《かくご》したよ……」

二人の後ろを見ると、そこには震えている子どもたちがいた。

どうしてこんなことになっているんだ……どうして……。そう思うも、答えなどない。

今成すべきことは、魔物を殲滅することだけ。だと言うのに、僕はそう考えずにはいられなかった。

そして、地獄のような戦闘はまだ……続くのであった。

「シェリー、ソフィア、それに子どもたちは大丈夫なの？」

「えぇ……なんとか。でも、守れたのはこの子たちだけで……」

悲痛な声でそういうシェリー。

それにソフィアも目線を下げ、悲痛な表情をしている。

二人とも守れない命があったのだろう。でもそれは、僕も同じだ。僕もまた、救えない命を数多くこの手から零《こぼ》してきた。

二人は震えている。

それもそうだろう。

こんな光景に慣れている人間などいない。阿鼻叫喚《あびきょうかん》の地獄の中心にいる僕たちはただただ打ちひしがれるしかなかった。

そんな状況でも、Sランク対魔師として進まなければならない。

そして僕はシェリーとソフィア、それに子どもたちを王城へと送るように他の対魔師に任せていた。しかし、二人はこの状況にただ震えているだけでなく、何かそれ以上に怯《おび》えているような気がした。きっと僕が立ち入ることのできない何かがあるのかもしれない……。

「先輩、これからどうします？　それに対魔軍は機能していないのですか？」

「軍は一応動いているようだけど、今回の場合は最悪ね。状況が混乱しすぎてて、まともに統率《とうそつ》が取れていない。私たちでどうにか先導しないと」

　対魔軍。

　それは対魔学院が育成機関であるのに対して、育成された対魔師が実戦を行う組織。

　だが今回の場合、あまりにも急な襲撃とこの混沌《こんとん》とした状況のせいで、すぐには機能していないのが現実だった。何しろ、百五十年の歴史の中で初めての出来事なのだから。それにまだ襲撃が開始されてそれほど時間が経《た》っていない。それもあって、軍がしっかりと機能するには時間がかかる……だが、僕たちは僕たちでやれることをしなければ……。

「先輩……僕は今が外に出るチャンスだと思います」

「……ここで私たちが抜《ぬ》けたら前線は崩壊するかもしれないわよ？　軍がもう少し整ってからの方がいいわ」

「それでもこのままだとジリ貧です」

「崩壊しないとしても、死人は出るわ。確実に」

「覚悟するしかありません。このままだと、さらに死にます。ここで外に出ないと、状況はますます悪化します。幸いなことに、すでに大体の位置は特定しています」

「行くしかない……か」

「最悪、僕一人でも構いません」

「大丈夫《だいじょうぶ》なの？」

「百パーセント大丈夫だとは言い切れません。死ぬ可能性もあります。ただ現状の戦力として、僕が最も適任なのは間違い無《な》いでしょう。先輩も黄昏での戦闘時間はかなりあると思いますが、それでも僕の方が時間的に慣れていると思います……」

「任せても？」

「はい」

「わかったわ。都市内は私が先導してどうにかする。だから、ユリア……頼《たの》んだわよ」

「……分かりました」

覚悟を決める。僕はたった一人で外の世界に、黄昏に行くことにした。一人は慣れている。慣れている……けれども、僕の手は震えていた。またあの黄昏に一人で赴《おもむ》くのだ。怖くないといえば……嘘《うそ》だ。僕は誰よりもあの世界の怖さを知っているつもりだ。しかも今回のケースはかなり特殊。死ぬ可能性の方が高いかもしれない……けど僕が行かなければ状況はさらに悪化する。だから、行こう。みんなを助けるためにも、僕は進むと決めたのだ。

「ユリア……」

「シェリー、それにソフィアも」

そう話していると、二人がこちらに近寄ってくる。声を出したのはシェリーだった。一方のソフィアはじっと下を見つめている。

「シェリー、ソフィア、行ってくるよ」

「行くってどこに？」

「黄昏に。元凶《げんきょう》は外だ。母体を叩かないと、この現状は終わらない。だから僕が行くよ」

「一人で？　本当に一人で行くの？」

「僕以外に行けない。付いてこれるとしたら、先輩だけだけど……都市を守る戦力もいる。僕一人だけだ」

「……そんな。わ、私も……」

「ダメだよ、シェリー。私たちじゃ、足手まといだよ……痛感したでしょ？」

「……そう、そうよね。ソフィアの言う通りだわ。私たちは無力で、何もできなかった……」

その指摘《してき》は間違いなかった。ソフィアが言わなければ、僕が言っていた。二人ともそれなりに強いし、今回の件でもかなり魔物を殺していたようだが、それでもまだ黄昏での戦闘……それも危険区域での戦闘には流石に連れて行けない。

それを二人とも了承《りょうしょう》し、僕の方をじっと見つめてくる。

「ユリア、信じてるから。絶対に戻《もど》ってくるって」

「分かったよシェリー」

「……ユリア、私は……私のせいでユリアは無理やりSランク対魔師になったのに……ごめん、ごめんなさい……私の、私の身勝手のせいで……」

「……ソフィア。僕はいずれはSランク対魔師になっていたよ、きっと。それが早くなっただけだ。そのおかげで、こうしてここにいて……誰かのために戦える。あの黄昏の日々が無駄《むだ》じゃないと証明できるんだ」

「ユリア……」

ソフィアは泣いていた。きっと彼女にも色々と事情があるのだろう。でも……その話は帰ってきてからしよう。

「先輩、行ってきます。後のことは任せました」

「……任せなさい。ユリア、死ぬんじゃないわよ」

「……はい」

そして僕は結界都市を飛び出して行くつもりだった。でも状況は最悪なものになる。そう、何故《なぜ》ならば……母体と思われる魔物はすでに都市内に入り込んでいたのだから。唖然《あぜん》とする。意味が、意味がわからない。

「う……そ……だろ……？」

「嘘、何あれ……」

「こんなことって……」

「ユリア、外に行く必要は無くなったわね……」

「そう……そうですね」

覚悟を決めて、外に……黄昏《たそがれ》に行くつもりだった。だというのに、すでに都市内に入り込んでいたのだ。外壁を壊し、さらに別の魔物を引きつれて。これがトドメだと言わんばかりに。気がつかなかった。外にまだいると思っていた。僕の黄昏眼《トワイライトサイト》は確かに遥《はる》か遠くにその存在を感じていたのだ。

どうして？　どうして、ここまでの接近に気がつかなかった？

あれほどの魔素《まそ》を振り撒《ま》いているのならば、気がついているはず。

なぜ僕は気がつかなかったんだ？　今はあの存在感は遠くにはない。まるで一瞬《いっしゅん》で移動してきたかのようだった。

「こいつは……」

それに、僕はこいつを見たことがある。極東のクラウドジャイアントの村に辿り着《つ》く直前、これほどではないがかなり濃い黄昏に出会ったことがある。その中心にいたのがこの個体だ。巨大蜘蛛《ヒュージスパイダー》ではない。確か、……古代蜘蛛《エンシエントスパイダー》だ。

結界都市に戻った僕は毎日勉学に励《はげ》んでいた。中でも、魔族や魔物の情報を集めていた。

特に百五十年前に確認された魔族をまとめた書物を読み込んでいた。その中で読んだ魔物に、古代蜘蛛《エンシエントスパイダー》というものがいた。体長は十メートルを優に超《こ》え、尋常《じんじょう》ではない回復機能を有しているとも言う。そして間違いなく最高のSランクの魔物だ。先程《さきほど》戦ったダンなど足元にも及《およ》ばない強さなのは一見して理解できた。

「こいつが……こいつが元凶なのか？」

しかし腑《ふ》に落ちない。本当にこいつが全《すべ》ての原因なのか？

確かに今、都市にいる魔物がこいつによって強化されているのは間違いない。統率をとっているのもこの個体だろう。でも、ダンの件、それに他のSランク対魔師の人が閉じ込められている件に説明がつかない。まさか？　ダンは囮だったのか？　僕を足止めするために用意されたただの駒《こま》……かもしれない。

やはり背後に何者かがいる……そう考えざるを得ない。人間、もしくはかなり高位な魔族。知性あるものの仕業《しわざ》に間違いないと僕は考え始めていた。

「キ、キィイイイイイアアアアアッ！」

咆哮《ほうこう》。それは大地が震《ふる》えるほどの莫大なものだった。

「……ぐッ！」

「きゃっ！」

「何この声！」

「……やばいわね、これはッ！」

瞬間《しゅんかん》、右腕《みぎうで》の刻印に燃え上がるような痛みが走る。

袖《そで》をまくると、そこには赤く発光している刻印があった。

共鳴……しているのか？　この古代蜘蛛《エンシェントスパイダー》と？

僕は自身の能力が向上している……そんな感覚があった。体の奥《おく》の底から燃えるような感覚。何とも形容し難《がた》いが、言うならばそんな感じだった。

「先輩、シェリー、ソフィア。あの雑魚をお願い。あいつは僕一人でやります」

「そんな無茶《むちゃ》よッ！　あんな魔物に敵《かな》うわけがないッ！」

「シェリー、誰《だれ》かが行かないといけないんだ。それにあの大量の雑魚たちの処理もいる。間違いなく、さらに死人は増える。だからこそ、戦力は残しておきたい。それにもともと僕一人で行く予定だったんだ。何も変わりはないさ」

「……そんな」

「先輩、それにソフィアも、行ってきます」

「……うん」

「……そうね。ユリア、信じてるわ……」

二人も分かって承知してくれた。ならば、僕はそれに応《こた》えるしかないのだ。

「……何とか入り口付近に留《とど》めているので、漏れた雑魚の処理をお願いします」

両手にナイフを構えて、不可視刀剣《インヴィジブルブレード》を発動。ここから先は、時間との勝負だ。早く終わらせなければ、第一結界都市でさらに多くの人が死んでしまうかもしれない。

大地を駆《か》け、そして僕は人類の希望として最後の戦いにたった一人で臨《のぞ》む。

「う、うわあああああああああっ！」

「逃《に》げろ、逃げろおおおおッッ！」

「嫌《いや》だ、嫌だ、嫌だッ！　死にたくないッ！　死にたくないッ!!」

すぐに外壁の入り口付近にいる古代蜘蛛《エンシエントスパイダー》の側にやってくると、そこはすでに阿鼻叫喚。

死地と化していた。あの化け物に立ち向かう対魔師はいない。

すでに逃げているか、それとも死んでいるかそのどちらかだった。

流石に対魔軍の人間であっても……確かにこの魔物には怖気付《おじけづ》いてしまうのも無理はない。

僕《ぼく》は残っている人を何とか逃げるように誘導《ゆうどう》して、そしてあの巨大《きょだい》な魔物に一人で立ち向かう。

「すううう、はあああ……」

大きく深呼吸。

もうここに生きている人はいない。残っているのは死体と、僕だけだ。残りの雑魚たちはすでに街の中心部に向かっており、まるで一騎打《いっきう》ちを望んでいるみたいだった。

黄昏眼《トワイライトサイト》で改めて相手を見ると、そこには今まで見たこともないほどに……異常なまでの黄昏領域《トワイライトフィールド》が展開されていた。全身を赤黒い魔素が包み込む。あれほど濃いものであれば、普通の魔法《まほう》であっては到底太刀打《とうていたちう》ちできないだろう。

今、動ける対魔師でこの古代蜘蛛《エンシェントスパイダー》に真正面から対抗《たいこう》できるのは、僕しかいないだろう。

この黄昏領域《トワイライトフィールド》であればきっと、僕の不可視刀剣《インヴィジブルブレード》がかなり有効になる。他の対魔師ではこの圧倒的《あっとうてき》な黄昏領域《トワイライトフィールド》には太刀打《たちう》ちできないが、僕の不可視刀剣《インヴィジブルブレード》は黄昏領域《トワイライトフィールド》が強力であるほど威力《いりょく》を発揮する。

今この場でこいつと真正面から戦えるのは、そして殺すことができるのは……僕しかいない。その事実をしっかりと認識《にんしき》すると、覚悟を決める。

たった一人で、あの黄昏で生き残ってきたように、自分だけで戦う覚悟を。

でも今の僕はあの時とは違う。確かに戦うのは一人かもしれない。だが、僕の勝敗によって人類の今後が左右されてしまう。

きっと敗北すれば、待っているのは圧倒的な蹂躙《じゅうりん》。

死者はそれこそ史上最高の数になるだろう。人類が終焉《しゅうえん》を迎《むか》えるかもしれない。そんなふうに考えると僕は手が震える。

だが戦うしかないのだ。どれだけ恐怖《きょうふ》しようが、どれだけ怖気付こうが、前に進むしかない。それに僕は誰かを助けることのできる……立派な対魔師になりたいとずっと願っていたのだから。

だから……僕は立ち向かう。この圧倒的な強敵に。

そして戦闘《せんとう》が始まった。


戦闘は苛烈《かれつ》を極《きわ》めた。

古代蜘蛛《エンシエントスパイダー》の攻撃《こうげき》は予想以上のものだった。それは……転移魔法を使うことだった。数百年前に使用されたと言う記録は残っているが、現代魔法に転移は存在しない。だと言うのに、古代蜘蛛《エンシエントスパイダー》は間違いなく転移を使ってくる。

いや、そもそも魔物が魔法を使ってくること自体が異常だというのに、これほど厄介《やっかい》な魔法を使ってくるなんて。

あの長距離《ちょうきょり》を一気に詰めてきたのはこういう絡繰《からく》りか……と理解するもどうしようもない。

そしてこいつは、尻《しり》の方から糸を吐《は》き出すと、それを宙に浮《う》かぶ魔法陣《まほうじん》を通じて転移させている。さらにはその糸もまた、普通《ふつう》ではない。鋼鉄のように鋭《するど》く、刺《さ》さってしまえばひとたまりもない。さらには、脚《あし》もまた転移させ僕の死角を狙《ねら》うようにして攻撃してくる。

「……くそッ！」

思わず声を漏らす。あまりの手数の多さに、僕は手こずっていた。不可視刀剣《インヴィジブルブレード》はすでに赤黒くなり、相手の黄昏領域《トワイライトフィールド》を薄《うす》くすることはできている。その体にも攻撃を当てることはできているが、やはり決め手に欠ける。転移魔法による手数は、なかなかに厄介だった。

僕は完全に防戦一方だった。

だが、古代蜘蛛《エンシエントスパイダー》には弱点がある。それは機動力だ。大きければ強いと言うことではない。強さとは体の大きさで測れるほど単純なものではないが……この古代蜘蛛《エンシエントスパイダー》は巧《たく》みだった。

戦闘経験が豊富なのか、僕の死角から攻撃を仕掛《しか》けてきて確実に難しい対応を押《お》し付《つ》けてくる。黄昏領域《トワイライトフィールド》もまた、すぐに濃《こ》くなっていきいくら吸収してもこのままでは埒《らち》が明かない。

奴に攻撃をする隙《すき》を与《あた》えない。ならば……あれを使うしかない。

「……神域《サンクチユアリ》」

僕は黄昏眼《トワイライトサイト》の能力をさらに解放する。

これは相手の魔素から行動を知覚するもので、未来予知にも匹敵《ひってき》する。詰まるところ、反応速度は今までの倍。通常の黄昏眼《トワイライトサイト》とは異なり、全体的に魔素を把握《はあく》できなくなるが、今はこの限定的な範囲《はんい》で十分だった。また、発動限界も短いが今はそう言っていられない。

もともとこの能力は魔素を膨大《ぼうだい》に消費するものだ。

できる限り使いたくはなかった。

しかしここで出し惜《お》しみをしていいほど、古代蜘蛛《エンシエントスパイダー》は弱くはない。むしろ全身全霊《ぜんしんぜんれい》をもって挑《いど》まなければ僕は敗北してしまうだろう。

そして相手から奪《うば》い取《と》った魔素も利用して、さらに神域《サンクチユアリ》を研《と》ぎ澄《す》ませていく。

「キィイイアアアアアアッ！」

「……ぐ、ぐううううッ！」

――鮮血《せんけつ》。

すでに僕の体は自壊を始めていた。

神域《サンクチュアリ》の使用時間は概《おおむ》ね、十分が限界。

だと言うのに、発動してからすでに十五分が経過。眼球から出てくる血液の量は尋常ではなく、腕《うで》の皮膚《ひふ》もまた裂《さ》け始めている。

この出血量ならば普通はとっくに死んでいる。

だが、今の僕は相手の黄昏領域《トワイライトフィールド》から魔素を大量に吸収しているので、まだ戦えていた。

魔族に近い……というのは間違いないようだが、そのおかげで戦えている。

それにここで負けてしまえば、第一結界都市は墜《お》とされる。

そうなれば、人類へのダメージは計り知れない。

この場所は人類全ての希望そのものなのだ。

ここが墜ちれば、他の都市の結界も機能しなくなる。そうなれば、あの地獄が再び繰《く》り返される。

僕は……いや、僕たちは平和ボケしていた。

魔族との戦いが落ち着いて、結界都市を築いて、そこに入れば安全だと思った。いつか魔族に対抗する、いつか黄昏を無くして輝《かがや》かしい光を取り戻す、いつか大地を取り戻す……その未来を漠然《ばくぜん》と夢見ていた。

人類は、百五十年間そう思い続けてきた。だが魔族は待ってくれる事などなかったのだ。

「うおおおおおおおおおおおッ!!」

後悔《こうかい》はある。

あの時こうしていれば、あの時こうしなければ、そんな想いが錯綜する。でも今は……

今だけは、この瞬間に集中しなければならない。

古代蜘蛛《エンシエントスパイダー》を倒さなければ、後悔も、反省もできない。ただただ蹂躙されて終わるだけなのだから。

僕は不可視《インヴィジブル》を至る所に展開。

そして自身の体にもまた、慣性制御《せいぎょ》の魔法を行使。流れていく運動をピタリと止めて、見えない壁《かべ》を蹴《け》る。

そして……そのまま一閃《いっせん》。

その攻撃を続ける。縦横無尽《じゅうおうむじん》に駆け巡《めぐ》る。加えて、不可視刀剣《インヴィジブルブレード》を両手のナイフ、それに両足からも発動。リーチを自在に変化させつつ、攻撃を確実にいれて行く。

相手の黄昏領域《トワイライトフィールド》から魔素を吸収した不可視刀剣《インヴィジブルブレード》は赤黒く染まっていき、黄昏色の軌跡《きせき》が走り続ける。

流石《さすが》の相手もこれほどの手数は防御《ぼうぎょ》できないのか、僕の攻撃は間違いなく効いていた。

それに何より、黄昏領域《トワイライトフィールド》を確実に削れているのが大きい。完全にむき出しになった体に僕は容赦無《ようしゃな》く剣撃《けんげき》を浴びせていく。

互《たが》いに防御はほぼしない。

ただの殴《なぐ》り合《あ》いの状態。だがそれこそが最善だと僕は気がついていた。もともと、不可視刀剣《インヴィジブルブレード》に防御という選択肢《せんたくし》はない。

圧倒的な手数、黄昏領域《トワイライトフィールド》を侵食《しんしょく》すると言う利点。

それを活《い》かすのが僕の戦闘スタイルだ。

相手もまた、転移魔法による攻撃に自信があるのか、さらに攻撃の量が増して行く。

そして、迫《せま》り来る糸を、脚を避《よ》ける。避ける。避ける。避ける。避ける。避け続けるッ！

止まってしまえば、すぐそこには死が待っている。

すでに自身の体から流れている血は気にならなかった。

そして音が消え、ほとんどの色が消える。

見えているのは真っ赤に燃え上がる、灼《や》けるような赤色だけ。それさえ知覚できれば僕は戦える。

不可視《インヴィジブル》で作り出した空間を駆け巡る。

相手もまた、この空間で僕を追い続ける。

さらにこの時、無意識だろうが重力さえも気にならなかった。

ただただ脚が軽い、腕が軽い、体が……軽い。もっと速く、速く、速く、速く、速く、速くッ!!

全ての攻撃を躱《かわ》し、脚を削《そ》ぎ、体を削ぐ。

再生するも、それを上回る。ただ相手よりも速くなればいい。それだけだ。それだけが僕の全てなのだ。

「キィイ、キイイィイイアアアッ!!」

再び咆哮。

でもそれは威嚇《いかく》などではない。

悲痛な叫《さけ》びであると僕は直感的に悟《さと》っていた。

すでに意識の中に何をこうする……というものはなかった。

ただ無意識的に、本能的に、体を動かす。両手に持つナイフを起点にした不可視刀剣《インヴィジブルブレード》、また余った指を使っての不可視刀剣《インヴィジブルブレード》、それに足を起点にした不可視刀剣《インヴィジブルブレード》もまたオンオフを切《き》り替《か》えながら、戦う。

さらにポケットには何十本と言うナイフを持っている。僕はそれも使用し、ナイフを起点にして発動した不可視刀剣《インヴィジブルブレード》を投擲《とうてき》に使用する。それが突《つ》き刺さるたびに、相手は苦痛の声を漏らす。

完全に、僕はこの空間を支配し始めていた。

「……フッ」

そして肺から空気を一気に吐き出し、不可視刀剣《インヴィジブルブレード》を振り抜く。

肉を裂く感触《かんしょく》が確かに伝わってくる。相手の脚を一瞬で切断すると、そのまま首を薙《な》ぐ。

刹那《せつな》、自身の脳天に振り下《お》ろされる攻撃。だが、それを視界に捉《とら》えることなく、神域《サンクチュアリ》による空間把握で躱すと相手の脳天に再び一閃。転移は魔法陣を必要とするようだが、それは魔素をかなり振り撒いている。

それならば、僕が神域《サンクチュアリ》で知覚する方が、攻撃を受けるよりも圧倒的に速い。

そして再び僕は相手の体を切り裂き続ける。

「キィイイイ、キィイイイアアアアアアアアアアアアッ‼」

身悶《みもだ》える古代蜘蛛《エンシエントスパイダー》。一方の僕にもう、痛みはなかった。自壊《じかい》によるダメージは確実に在ると言うのに、僕は痛覚すら手放していた。

何も感じない。ただただ、終わらせる。屠《ほふ》る。殺しきる。

それが今やるべき事。

そして僕の剣戟《けんげき》はとうとう古代蜘蛛《エンシエントスパイダー》の全てを凌駕し始める。

もうすでに僕の姿を完璧《かんぺき》に捉えることができないのだろう。

明後日《あさって》の方向に攻撃している。

僕はその隙に脚を刎《は》ね、首を刎ね、体を細切れにしていく。

再生はすぐに始まるも、徐々《じょじょ》に追いつかなくなる。見つけるべきは赤いクリスタル。あれを破壊すれば終わる。

　さらには、黄昏領域《トワイライトフィールド》もまた、今は見る影《かげ》もないほどに僕によって侵食され切っている。

そこにあるのはただの魔素の薄い壁だ。

一方の僕の不可視刀剣《インヴィジブルブレード》はおそらく今までの中でも最高峰《さいこうほう》に黄昏に染まり切っている。この肉体も、それに黄昏眼《トワイライトサイト》もまた非常によく視《み》える。

そして……僕の腕は呼んでいた。あの結晶《けっしょう》の在りかは……ここにあると、叫んでいる。

刻印からはどくどくと血液が際限なく溢《あふ》れ、ナイフを持つ手が滑《すべ》る。その瞬間、僕はナイフを捨てた。

——今、武器はいらない。

この己《おの》が四肢《しし》全《すべ》てを起点にして、不可視刀剣《インヴィジブルブレード》を発動する。

僕は一つの刃《やいば》だ。そうイメージすると、僕は視界にちらっと輝くものを見つける。

「あれだッ……！」

間違《まちが》いない。

削っている腹の肉に食い込むようにして存在する結晶。

だが今回のものは青いものだったが……それでも、あれなのは間違いない。あのクリスタルを破壊できれば、この戦いは終わるッ！

「キィイイイ、キィイイイ、キィイイィアアッ!!」

相手も弱点が発見されたと察したのか、今までよりも尋常ではない速さで攻撃を仕掛けてくる。

すでに僕は、三百六十度全て転移の魔法陣に囲まれていた。そしてそれは僕を確実に追尾《ついび》してくる。

僕があの青い結晶を破壊するのが先か、それとも相手の攻撃が僕に届くのが先か。
すでに互いに死は眼前。
片足を突っ込んでいる。
だが、怯《ひる》むな、臆《おく》すな、怖気付くな、躊躇《ためら》うな。
死を意識するな……死は今ない。僕はまだ生きている。この体を懸命《けんめい》に動かしている。
まだ、まだ僕は……生きているんだッ！

「……」
「……」

静寂《せいじゃく》。

今までの喧騒《けんそう》が嘘のように、静まり返る。
そして、永遠とも思われた戦いは終わりを告げた。
僕の不可視刀剣《インヴィジブルブレード》は結晶を打《う》ち砕《くだ》いていた。

古代蜘蛛《エンシエントスパイダー》の攻撃はあとわずかのところで届かなかった。

おそらく時間差は一秒以下の世界だ。僕はゼロの世界で、勝ちを捥《も》ぎ取ったのだ。

死は迫っていた。だが、死神が選んだのは僕ではなかった。勝利の女神《めがみ》は僕に微笑《ほほえ》んだ。

「キ、キィイイイ……キ……ィイイ……イイイ……」

古代蜘蛛《エンシエントスパイダー》の体が崩壊していく。パラパラと空に舞《ま》っていく。粒子《りゅうし》となって、世界に還《かえ》っていく。

「……勝った、勝った、僕は勝った……」

疲労感《ひろう》でその場に倒《たお》れこむ。一気にどっと疲《つか》れがやってくる。もう体は動かない。流れ出る血は温かいな……そう思った。

人類のために、僕はやるべきことをできたのだろうか？

あの非力で、無能で、無力だった僕は……誰かのために役に立てたのだろうか？

最後のあの一瞬。死の世界にいた僕は、微《かす》かにみんなの顔が思《おも》い浮かんでいた。

あの人たちのためなら……この人類のためになら、僕は成すべきことを成せる。そう思った瞬間、僕は青い結晶を貫《つらぬ》いていたのだ。

「あ……あぁ……ぁ……あああ……」

体全体から存在が消えていくのを感じる。無茶をし過ぎた。きっと限界を超えたのだろう。右腕は灼けるように熱い。その感覚だけが今の僕を支配していた。

思えばここまで長いようであっという間だった。

黄昏に追放され、懸命に生きることに執着《しゅうちゃく》し、生きるために技能を身につけ、結界都市に帰ってきた。そして色々な人と出会って、Sランク対魔師になった。

何もない、何もできない無力な人生だと思っていたのに、僕は思いがけない機会を手に入れたのだ。

そう思考に耽《ふけ》っても……今は疲れた。

ただただ眠《ねむ》りたい。眠ってしまいたい。

この先に死が待っているとしても、すでに理性ではどうしようもなかった。

それにこれが僕の最期の時だとしても、後悔はなかった。何もできない自分がここまで来られたのだ。もう十分だろう。人類のために、無力な僕が何かを成すことができた。もう、思い残すことはない。

この黄昏を切り裂く、一筋の光になれたのなら……それで十分だった。

「……アアッ！　ユリアーッ！」

「……ユリアーッ！」

最期にそんな声が、聞こえた気がした。

◇

「う……ここは……」

意識が覚醒《かくせい》する。目を開けると、そこには知らない天井《てんじょう》があった。それに外からはいつも通り、黄昏の光が室内に入り込んでいる。あぁ、外はいつもの景色だな……と思っていると僕はちょうど室内のドアが開くのに気がついた。

「あら？　目が覚めたの？」

「シェリー。そうか、終わったのか……」

彼女《かのじょ》の姿、そして自分の今置かれている状況《じょうきょう》を理解すると僕は第一結界都市を守り抜くことができたのだと安堵《あんど》する。

「あなたのおかげよ、ユリア」

「街は、街はどうなったの？」

「ひどい状況だけど、今は対魔軍も機能していて復興が進んでいるわ。一ヶ月《かげつ》もすれば、かなり良くなるって」

「そっか。あ、そういえばあれから何日経ったの？」

「一週間よ」

「長いね。そんなに経っていたのか」

「ええ。ユリアがなかなか目が覚めないから、本当に心配したのよ？」

そう言って袖をぎゅっと握《にぎ》ってくるシェリー。そして彼女の目には涙《なみだ》が浮かんでいた。

確かに僕は死を覚悟《かくご》していた。だというのに、生きている。それに僕が生きていることを喜んでくれる人がいる。それだけで僕は報《むく》われる気がした……。

「あー!!　ユリア！　目が覚めたの⁉」

「ソフィア……なんだか久しぶりだね」

「よかったあああ！　本当によかったよおおお！　うわあああああん！」

「……はぁ、騒《さわ》がしいわね」

「エイラ先輩《せんぱい》も。どうも」

「体、大丈夫なの？」

「はい。でも……」

僕はすでに完全回復している。でも一つだけ懸《け》念《ねん》事《じ》項《こう》があった。

「……やっぱり、侵食は進んでいるみたいですね」

上半身の服を脱《ぬ》ぎ去ると、僕は右腕の刻印を確認《かくにん》、するとそれはすでに肩《かた》を超えて、右胸にまで到達《とうたつ》しそうだった。

「黄昏症候群《トワイライトシンドローム》、悪化してるのね」

「はい。でも害はないので、大丈夫ですよ」

「だといいけどね……」

その後は、三人にあの後のことを色々と聞いた。

僕が母体を倒した後。雑魚《ざこ》たちは統率《とうそつ》を失いそのまま一網打尽《いちもうだじん》。あの後すぐに沈静化《ちんせいか》したそうだった。でもそれを聞いて僕は安堵というよりも、怒《いか》りを覚えていた。どうして……どうして、こんなことに……。多くの人が死んだ。あの戦いで、罪のない人が大勢死んだのだ。僕はSランク対魔師として守れた命もあったけど、守れなかった命もあった。この手からこぼれ落ちるものは、確かにあったのだ。

「先輩、今回の件ですけど……」

「それは後で話があるわ。Sランク対魔師たちはすでに解放されているから。それに軍の方でも動きがあるみたい」

「そうですか」

「実は会議はユリアが起きてから、それも体調がいいならすぐにでもまた開くらしいけど……どうなの？」

「体はそうですね。大丈夫《だいじょうぶ》です。後遺症《こういしょう》もなさそうですし」

「医者曰《いわ》く、ありえないそうよ。人間離《ばな》れした回復力だって」

「……はは、そうですか」

やはり僕の体は人間よりも魔族のそれに近いみたいだ。でもこの力を振《ふ》るえるのなら、別にいい。異形となっても、この心を失わなければ大丈夫だ。

それにしても……やはり今回の件……おかしい、おかしいことだらけだ。

ダンの言葉、そしてSランク対魔師が破ることができないほどの結界。それらを総合して考えればやはり……人為的《じんいてき》なものを感じずにはいられない。

Sランク対魔師の全員が仮に閉じ込められていれば、あの地獄《じごく》はもっとひどいことになっていた……いや、この都市は墜とされていたかもしれない。もちろん、対魔軍が無能という訳ではないが、それでも苦戦を強《し》いられていたのは間違いないだろう。

もし仮に、人間の裏切りによって起きたことなら……到底《とうてい》、許せるはずもない。それにこれは……新しい大戦の始まりでもあるのかもしれない。

「じゃあ、ユリア。また後で。上には私が伝えておくから」

「分かりました」

　そうして先輩は去っていった。そしてその後、シェリーとソフィアもまた部屋を出ていく。

　こうして、今回の第一結界都市の襲撃《しゅうげき》は終わりを迎えた。でもこれは……新たな始まりであったことを僕はすぐに知ることになる。

　あの後、僕は軍の諜報部《ちょうほうぶ》の人に今回の件を話した。ダンの件や、その他に気がついたことなどを。そして僕の情報や、そのほかの情報を整理して再び会議が開かれることになった。

「さて、全員集まったね。今回はユリアくんの話なども含《ふく》めて、襲撃の件について再び話そうと思う」

　以前とは別の会議室。そこにはＳランク対魔師の皆《みな》もいたが、他の人間もそれなりにいた。おそらく、軍の上層部の人だろう。それは見た目や雰囲気《ふんいき》からなんとなく分かった。

　そしてサイラスさんが会議を進行していく。

「まずは、ユリアくんにエイラくん。二人には最大限の感謝を。君たちが筆頭になって、ことはなんとか収束した。ありがとう」

「いえ、当然のことをしたまでです」

「そうね。ユリアの言う通りだわ」

僕と先輩は口を揃《そろ》えてそう言う。そして次には、核心《かくしん》に入っていく。

「それで、ユリアくんの話と今回の結界の件についてだけど……裏切り者、内通者がいるんだろうね。それもかなり人間側の内部に通じている。しかも後で分かったことだが、私たちだけでなく、上位のAランク対魔師もまた結界の中に閉じ込められていたことが分かった」

裏切り者？　そんな……そんなことがあっていいのか……？　それにSランク対魔師以外の人も……？　と言うことは完全に戦力を削ぐ狙いだったのか……どうりで対応が遅《おく》れていると思った……。

「なぁサイラスよぉ。それってマジにいるのか？」

「分かっているだろう、ロイ。今回の件、あまりにも人為的すぎる。我々を閉じ込め、その隙に第一結界都市を襲撃する。あまりにも合理的だ。そして何より……都市の結界は内部からしか解除できない。これが何よりの証拠《しょうこ》だ。間違いなく、ユリアくんの話の件でもあったが人類に裏切り者がいるようだ。そしてこの条件で考えるならば、我々の中にもいる可能性はあるし、軍の中も同様だ。全ての人間に可能性はあると言いたいが、結界の件なども考えると……Sランク対魔師、または軍の上層部、さらには王族……という風に絞《しぼ》られるだろう」

「そりゃあ、ヤベェな……」

「それと結界の件を王族の方々に聞いたが、急に解除されたらしい。誰か不審《ふしん》な人物がいたと言う報告もない。ただただ私たちは完全にやられた……ということだ。不甲斐《ふがい》ないことにね」

　許せない……絶対にその裏切り者を許すことはできない。その気持ちはみんな同じなのか、全員その視線がかなり鋭いものになっている。

　そして、人間の中に裏切り者がいるのだ。疑心暗鬼《ぎしんあんき》になりながらも、僕たちはこれからも一緒《いっしょ》に戦って行かないといけない。それがどんなに困難なことか僕は僅《わず》かながら、実感し始めていた。

「それで、これからどうするの？　軍、それに諜報部は動いていないの？」

「クローディアの言う通り、諜報部もすでに動いている。これからいつも通り、各都市の防衛を行っていくが第一結界都市だけはかなり厳重にする。ここは全《すべ》ての都市の結界を維《い》持《じ》しているからね。さらには軍備の強化……だね。我々は少し平和ボケしていたようだ。もっと戦力を強化する必要がある。それと君たちも、他の人間に目を光らせていてほしい。そして裏切り者を発見した時は……出来るだけ生きて拘束《こうそく》するように。ただし、緊急時《きんきゅうじ》は殺すのもやむなしだ」

全くわからない状況。

おそらく、百五十年前の人魔《じんま》大戦以来の出来事だ。僕たちは思い出す必要があった。この世界は黄昏《たそがれ》に支配され、魔族がそれを成しているのだと。

そしてとうとう、人類に対して明確な行動が示された。

僕たちは完全に油断しきっていたのだ。

人類に裏切り者など出るはずがないとそう思い込んでいた。

でも、実際のところダンのような人間のせいで、実害が出ているのだ。放っておけるはずもない。

「さて、ここからは私たちの番だ。絶対に裏切り者は見つける。絶対にだ。私の命にかけても、それは約束しよう。そしてこの世界に光を取り戻《もど》す。もう停滞《ていたい》する時期は終わりだ。人類は進まなければならない」

義憤《ぎふん》を露《あら》わにしてそう言う、サイラスさん。

他の人もそうだった。皆、怒りを表面に出している。もちろん僕もだ。ふざけるな……こんなふざけたことは、終わらせないといけない……。

だが僕たちは気が付いていなかった。

今回の襲撃は序章。ただの始まりに過ぎないことを。
そして、この先にこそ魔族との熾烈《しれつ》を極めた本当の戦いが待っているのだった。
こうしてSランク対魔師を巻き込んだ、最悪の事件が始まることになる。

Sランク対魔師、残り十三名──。

エピローグ　いつか、あの青空に

あれから第一結界都市の復興が始まった。

僕ら対魔師たちはその復興作業に駆《か》り出《だ》されている。もちろん、戦闘に参加していた対魔師は必ずしも参加しなくても良いことになっている。

そんな中、僕はまだベッドに横たわっていた。

一応、外出許可も出ているけれど、基本的には治療《ちりょう》に専念するためにまだ入院中だ。と言っても、僕としては、体は全然元気なのだけれども。

そしていつものように暇《ひま》なので、本でも読もうかと思っていると……コンコンと扉《とびら》が叩《たた》かれる音がした。

確か今日は誰《だれ》もくる予定はなかったけど、誰だろうか？

「どうぞ」

そう言うと、中に入ってきたのは、レオナとノーラだった。

「二人とも」

「その……」

「うん……」

そして二人は、部屋の中に入ってくる。

「その、座《すわ》りなよ」

「うん、ありがと」

「失礼するわね」

ベッドの横には来客用の椅子《いす》があったので、二人はそれに座る。

そしてしばらく二人とも黙《だま》ったままだったけれど、レオナの方が初めに口を開くのだった。

「ユリア。その、改めて……今までごめんなさい！」

「ごめんなさい！」

その後に続いて、ノーラもまた謝罪の言葉を口にして頭を下げた。

謝罪を受けて、僕はこう告げた。

「その、もう良いよ。終わったことだし」

「でも……」

「その……」

僕《ぼく》としては、正直言って許す、許さないと言うよりも……分からないと言う感じだった。

僕が黄昏に追放される原因となった二人だ。

正直言って、僕は死んでいてもおかしくなかった。

でも復讐《ふくしゅう》をしたいとか、そんな気持ちはなかった。

心から許すと言う気持ちもないが……ただ今は思うのは……。

二人とも、助けることができて良かったと言う思いだ。あの襲撃で助けることができなかった人もいた。

でも僕はその中で助けることができる人もいた。

レオナとノーラも、助けることができて良かった。もしあのまま、ダンと一緒にいれば二人は間違いなく死んでいただろう。

だから自分の力を、誰かのために使うことができて心から良かったと思う。

そうして僕は二人との会話を続ける。

「僕としては、二人とも生きていてくれて良かったよ」

「それは、その……ありがとう」

「うん。ユリアがいなかったら、多分……死んでたと思う」

あれからレオナとノーラはダンの裏切りに関して事情聴取《ちょうしゅ》が行われたらしい。でも二人は何も知らなかった。

ダンがどうして裏切ったのか。

そもそもどうして、あの襲撃が起こったのか。

それに裏切り者の可能性……分からないことだらけだ。

だけど今は、守ることができたという事実に感謝しよう。僕だけではなく、数多くの対魔師の協力によって、あの襲撃は乗り切ることができたのだから。

「二人はこれからどうするの？」

「私たちは、ユリアの件で色々とあるみたい」

「うん。実はね、その、あの時のこと……ちゃんと話すことにしたの。やっぱり、私たちがしたことは許されないことだと思うから……」

「そっか」

止めることはしなかった。

二人がやったのは、殺人にも等しい行為《こうい》だ。

だから罪を償《つぐな》うと言うのなら、僕としては止める気もない。

ただ、現実を見つめてくれるのならそれで良かった。

「じゃあ私たちはいくね。改めて、本当にありがとう」

「ありがとう、ユリア。助けてくれて……」

まるで憑《つ》き物《もの》が落ちたかのような表情。

おそらく、罪に問われることは間違い無《な》いだろう。

禁固刑《きんこけい》の可能性もある。

でも二人はそれを分かった上で、僕に謝罪と感謝を伝えに来たのだ。

だから僕が願うのは、二人がその罪を償って……今度は誰かを助けてくれるような人間になってほしいと……そう願った。

「月並みな言葉になるけど、また会えることを楽しみにしてるよ。色々とあったけど、二人には学院時代にはよくしてもらった時もあったから。僕はこれからもずっと戦うよ。だから、二人もいつかまた対魔師として出会えることを祈《いの》ってるよ」

「うん……うん……」

「そうだね……私たちも、ユリアみたいな立派な対魔師になれるように頑張《がんば》るね」

二人は涙を流しながら、にこりと微笑むとぺこりとお辞儀《じぎ》をして去って行った。

それから少しだけ時間を空けて、再びコンコンと扉が叩かれる音がする。

「どうぞ」

「ユリア、元気?」

「シェリー。そっちはどうなの？」

「私は全然元気だよ！　はいこれ、お見舞《みま》いの品」

「おぉ。果物かぁ、美味《おい》しそうだね」

「剥《む》いてあげようか？」

「いいの？」

「うん。もともとそのつもりだったし」

「じゃあお言葉に甘《あま》えて」

シェリーは持参しているナイフでリンゴを器用に剥いていく。

そしてそれをウサギの形にすると、一つ一つをこの部屋にあったお皿の上に乗せていく。

「ねぇ……」

「ん？　どうかした？」

「さっきさ、あの人たちに会ったよ」

「そっか……」

一応、シェリーはレオナとノーラの二人ともに面識がある。

それを知っているからこそ、彼女は尋《たず》ねて来たのだろう。

「二人とも泣いていたけど、何かあった？」

「……」

言うべきかどうか、少しだけ迷った。

でもシェリーはただ興味本位で聞いているのではなく、純粋《じゅんすい》に僕のことを心配して聞いてくれているのだと分かった。

だから僕は、素直《すなお》に話すことにした。

「あの襲撃の時に、僕は二人を助けたんだ。その時のお礼と、黄昏に僕を追放してしまった罪を償うって」

「そっか。ユリアは許したの？」

「許す、か。いや、正直言えばよく分からない。でも二人を助けたことに、後悔はないよ。罪を償って、今度は彼女たちが誰かを助けてほしいと……そう思うよ」

「だから二人は泣いていたのね」

「え？　どう言うこと？」

「ユリアは優《やさ》しいってこと」

「僕は、優しいのかな？」

「ええ。とっても優しいわ」

「それならいいんだけど」

思えば、僕はよく優しいと言われて来た。

自分では実感はない。

ただ僕は誰かを助けることのできる対魔師になりたいと、ずっと願って来た。

それは力がなかった昔も、力がある今も変わりはない。

でもそうか。シェリーにそう言ってもらえるのなら素直に受け入れることができた。

「そう言えば、復興はどうなってるの？」

「割と順調に進んでいるわよ。今も外では対魔師の人たちが頑張ってるし。私もこの後は行く予定よ」

「そうなんだ。僕も行けたらいいんだけどね」

「ユリアはもうちょっと休んだほうがいいわよ！」

「でも体は動くけど？」

「いいえ、ダメよ。あれだけの無茶《むちゃ》をしたんだから、今は絶対に安静！　お医者様にも言われているでしょ？」

「まぁ、一応安静にしろとは言われてるけど」

「それならそうして。私ももう心配したくないから」

「シェリー、そうだね。心配は、かけたくないな」

少しだけ、シェリーの顔に陰《かげ》が差す。

あの戦いの時、僕はシェリーに厳しい言葉をかけてしまった。

その時はシェリーの心配している言葉に向き合うだけの思考力はなかったけど、彼女が本当に僕の身を案じてくれていると言うことはよく理解できた。

「本当に、大丈夫なの？　その、アレを倒すのに、だいぶ無茶したんでしょう？」

「それはまぁ……そうだけど、どうしてか調子はいいよ」

「本当に？」

「うん」

「ユリアがそう言うなら、信じるけど」

「もしかして、黄昏症候群《トワイライトシンドローム》のこと？」

「うん。進行しているんでしょ？」

「そう、だね。おそらくレベルとしてはかなりの末期だと思う」

「でも大丈夫なのよね？」

「レベル末期に出る症状《しょうじょう》は、僕には一つも出ていないんだ」

黄昏症候群《トワイライトシンドローム》。

それは、レベル五にたどり着くと人間は眠るようにして死んでいってしまう。個人差は確かに存在するが、死に至るのは間違いない。

今の僕のように、ここまで侵食《しんしょく》している人間はいないらしい。

そう思うと、僕はどうしても考えてしまう。

本当に僕と言う人間は、人間なのだろうかと。

思えば、黄昏に適応していき……僕は黄昏人《トワイライトザイン》になった。

そしてそれは、人間ではあるが限りなく魔族に近い存在。

いやもしかすると……と考えるのは、ダンの件だ。

ダンは人類を裏切っていたらしいが、完全に最後に魔族化して人間としての理性を失っていた。

この黄昏症候群《トワイライトシンドローム》のたどり着く先が、アレだとでも言うのだろうか。

正直言えば……怖《こわ》いと言う気持ちはある。

僕もまた、あのようになってしまうのかもしれない。

でも今は、ただホッとしている。

自分は誰かを守ることができた。

そして、この第一結界都市を守り抜《ぬ》くために、全力を尽《つ》くすことができた。

だから今は、黄昏症候群《トワイライトシンドローム》の恐怖感《きょうふ》ではなく、その事実を受け入れよう。

「ねぇ、シェリー」

「……？　どうしたの？」

「僕はさ、守れたよね。この都市の人たちを」

「……ユリアがいなかったら、この都市は墜《お》ちていたわ。だからユリアはもっと、自分を誇《ほこ》っていいと思う。少なくとも私はすごいと、本当にすごいと思ってるわっ！」

僕の手をぎゅっと握って、しっかり目を合わせてそういってくれる。

そうか、僕は……ちゃんとやるべきことをできたのか。

「ありがとう。それに、嬉《うれ》しかったよ。心配してくれて」

「うん……本当に、本当に心配だった」

「……」

「ユリアのあの時の顔は、死を覚悟しているものだと思ってたから」

「それは……否定はしないけど」

「今度は絶対に、無茶しないで」

「それは……」

「ちゃんと自分を大事にしてっ！」

「う、うん……」

「ユリアはもっと自分を大切にしてよ。じゃないと私は……」

「シェリー……」

ポロポロと涙が溢れる。

彼女は僕の手をぎゅっと握ってそれを、自分の頬《ほお》に持っていく。

「いなくなったら嫌《いや》だよ……」

「いなくならないよ」

「本当に……？」

「うん」

「絶対に……？」

「うん」

「信じるから……絶対に信じるから」

「うん。ありがとうシェリー」

そうして僕の右目からも、一筋の涙が溢《あふ》れるのだった。

◇

「ユリア、体調はどう?」

「先輩」

次にやって来たのは、エイラ先輩だった。

シェリーが部屋を去ってから数時間後、ちょうど夕方ぐらいの頃《ころ》に先輩は僕の病室へとやって来た。

「これお見舞いって……すでに誰か来てたのね。シェリー?」

「はい。リンゴを剥いてくれましたよ」

「じゃあ私はこれね」

「え……」

と、先輩が取り出すのはなぜかカットされたパイナップルだった。

「ちょうど余っていてね。ユリアに持って行こうと思って」

「それはいいですけど……よくパイナップルなんてありましたね」

「冷蔵庫に余っていたのよ。じゃあ、はいあーんして」

「え……」

「はい、あーん」

「あ。あーん」

先輩が有無を言わせずそうしてくるので、僕もまた口を開けざるを得なかった。

そして口の中にそれを入れると、みずみずしい果汁《かじゅう》が口の中に広がる。

うん。普通《ふつう》に美味しい。

「で、改めて元気なの？」

「そうですね。元気すぎて体力が余っているくらいですよ」

「もう動けるのよね？」

「はい。ただ大事をとって、明日も一度検査があるらしいです」

「……黄昏症候群《トワイライトシンドローム》。悪化してるのよね？」

「まぁそうですね。以前お話しした時とは変わっていませんが、相変わらずの酷《ひど》さです」

「そっか……」

先輩もまた、手元に置いてあるパイナップルを一口だけ口に入れる。

そして、次は例の件について話すのだった。

「裏切り者の件だけど……」

「はい」

瞬間《しゅんかん》、空気が一気に重くなる。

裏切り者。

それはもう、いることは確定している。

ダンがその一人だった可能性もあるが、実際のところはSランク対魔師か、それとも軍の上層部なのか、どちらにせよこの結界都市に裏切り者がいることだけは間違《まち》い無いのだ。

「まだ調査中よ。でも、例外なくSランク対魔師は全員疑われているわ。ユリアと私は結界都市を守ったからそこまで厳しくは無いけど、他の対魔師は今も聴取を受けているわ」

「そうですか……」

「ユリアもしばらくすれば、来るかもしれないから。一応教えておくわね」

「わかりました」

「それにしても、アレによく勝ったわね」

「古代蜘蛛《エンシエントスパイダー》のことですか？」

「ええ。あれって黄昏領域《トワイライトフィールド》が尋常《じんじょう》じゃなかったでしょ？」

「そうですね。でも僕の能力は、相手の魔素を吸収するものですから。濃《こ》ければ濃いほど、有利になります」

「だから進んでるんじゃ無いの？　黄昏症候群《トワイライトシンドローム》が」

「それは医者の方にも言われました……でも、完全に適応しているとか」

「でもそれもそうよね……それって、黄昏にいた二年間ずっと使っていたんでしょう？」

「そうですね。むしろ、能力を使わない日の方が少なかったと思います」

「人間には、黄昏に適応できるものと、適応できないものがいる。その差はなんでしょうね」

「そうですね。僕もまた、それはわかりません……」

黄昏症候群《トワイライトシンドローム》。

その正体は未《いま》だに不明だ。

でももしかすると、僕のこの体のことも何か分かるのかもしれない。

そんな一筋の望みを持って、僕はこうして自分の体を調べてもらうことにしている。これ以上、他の人たちが苦しまないように。

「あ、それと今後の話だけど……」

「今後の話ですか？」

「ええ。ユリア、それに私とシェリーとソフィアもそうだけど……特例で軍人になることが決定したわ」

「学院の方はどうなるんですか……？」

「早期卒業扱《あつか》いになるわね。今は今回の襲撃で対魔師が減ったこともあるし……その補充《ほじゅう》の意味も兼《か》ねているわわね」

「軍人、ですか」

「ええ。きっとこれからは、黄昏危険区域に出ることも多くなるでしょうね」

軍人になる、と言われても僕はイマイチピンと来ていなかった。

でもきっとやることは変わらない。

そもそも、学院を出てしまえばいずれそこにたどり着くのだ。

それが遅《おそ》いか、早いかだけの違《ちが》い。

その事実を聞いて僕はぎゅっと拳《こぶし》を握る。

もうこれ以上の犠牲《ぎせい》は出すわけにはいかない。それはたとえ理想論だとしても、僕はあの地獄のような惨劇《さんげき》は二度と繰《く》り広《ひろ》げてはいけないと思った。

僕が黄昏で見て来たものもまた、地獄の一種なのかもしれない。

だが、無力な人があぁして襲《おそ》われる道理を許してはいけない。僕が今の力を手に入れたのは偶然《ぐうぜん》かもしれない。けれどその偶然を、僕は誰かの役に立てたいと……改めてそう思う。

「先輩は、軍人になるのは怖く無いですか？」

「怖い？」

「きっとこれから先はもっと黄昏に行くことになるんですよね。だから、死んでしまう確率も高まってしまうと思うんです。それに仲間の死を見ることも、多くなるかもしれません」

「そうね……確かにSランク対魔師は簡単にはやられないと思うけど……仲間の死は今まで以上に見ることになるかもしれないわね。でもね、ユリア。私たちはその死を背負って進まないといけないの」

「そうですね」

「死は決して無駄《むだ》にはならない。いや、無駄にしないのよ」

「……はい」

「きっといつか、この黄昏から解放されるその時まで、私たちは戦い続けないといけない。いや私たちの代ではたどり着けないかもしれない」

「……」

「でもいつか誰かが成《な》し遂《と》げてくれると、信じるしかない。Sランク対魔師はそういう存在なの。人類の象徴《しょうちょう》になるっていうのは、そういうことなの」

「……先輩《せんぱい》」

「だから私の前では弱音を吐《は》いてもいいけど、これからはダメよ。毅然《きぜん》とした態度で、この人類の象徴であることを誇示《こじ》しないといけない。まだSランク対魔師になったばかりで、色々と大変だったあなたにこれをいうのは酷《こく》だと思うけど、伝えておきたくてね」

「先輩は本当に優しいですね」

「べ、別にそんな優しいとかじゃ無いしっ！　後輩《こうはい》を導くのは先輩の役目でしょ！　それだけよ」

先輩は顔を真っ赤にしながら、そう言い訳をする。

でもわかっていた。

先輩がここに来てくれたのは、その言葉を伝える意味もあったのだろうが、純粋に僕のことが心配で来てくれたのだと。

エイラ先輩は何かと理由をつけて、ここ最近は僕のところにやって来てくれる。

そう言うこともあって、僕は彼女《かのじょ》がとても優しい人だと再認識《さいにんしき》した。

黄昏に追放され、そこから今に至るまで……本当に色々なことがあった。

でもこうして多くのことを経験して、僕は対魔師として進んで行くのだろう。

僕は誰かを守れるような対魔師になりたかった。自分もまた、過去に救われたのだから。

そんな人になりたいと願って、ここまで来た。

きっとこの先に待っているのは、今よりももっと過酷《かこく》な現実かもしれない。

今回の襲撃がマシに思えるような出来事も、待っているかもしれない。

それでも僕は、僕らは進むことを止めない。

この黄昏の先に、青空が待っていると信じているから。

結界都市は、良くも悪くも大きく動き始めた。

それは間違いなく、今の人類に大きな変化をもたらす。

僕と言う存在もそうだし、この黄昏に関してもまだまだわからないことが多い。けれど、分かったこともある。それは今の僕には、この黄昏に立ち向かうだけの力があると言うことだ。

「先輩」

「何よ」

「これから一緒に頑張っていきましょう。だから、この先も色々と教えてください」

「しょうがないわねっ！　ユリアは私がいないとダメなんだから！」

◇

　あれから数日が経過。

　僕は今回の功績を賞して、王城で感謝状が贈《おく》られることになった。もちろん今回の功績は僕だけのものではないので、初めは辞退するつもりだったのだが先輩やシェリーにもせっかくだからもらっておいた方がいいと言われて、出席することになった。

「それでは、ユリアくん。進んで欲《ほ》しい」

「分かりました」

　そうして僕は、王城の扉を開ける。

　すると中には、大勢の人たちが待っていた。今回は一般《いっぱん》参加もできると言うことらしいが、まさかこんなにも多くの人がいるとは夢にも思っていなかった。

「ありがとうー！」

「この結界都市を守ってくれて、ありがとう！」

「Sランク対魔師様！　本当にありがとう！」

「あなたのおかげで、この都市は救われたわ！　ありがとう！」

　と、僕は壇上《だんじょう》へと進みながら人々の声援《せいえん》を浴びる。

　曰《いわ》く、今回のこれは都市を活気づけるためにも行っているのだと言う。確かにこの結界都市では多くの犠牲が出た。未だに復興は終わらず、毎日それに励《はげ》んでいると聞いている。

でもそんな中だからこそ、こうした明るい話題が必要ということで、僕へ感謝状を贈ることにしたという側面もあるらしい。その話を聞いて僕にその役目が果たせるなら、ということで今はここにいる。

そうして進んでいく、壇上にはリアーヌ王女がいた。

「さ、ユリアさん。どうぞ、壇上へ」

「はい。失礼します」

そのまま歩みを進めると、僕は感謝状を受け取る。

「ユリア・カーティス。あなたにはこの第一結界都市を守ったSランク対魔師として、感謝状を贈ります。あなたがいなければ、この都市は墜ちていたでしょう。もっと数多くの犠牲が出たでしょう。でもあなたの活躍《かつやく》のおかげで、それは最小限に抑《おさ》えることができました。改めて、感謝を。またあなたには感謝状に加えて、この勲章《くんしょう》を授《さず》けます」

「謹《つつし》んでお受けいたします」

僕はリアーヌ王女から、感謝状と勲章を頂く。

そして後ろへと振り向《む》き、それをここにいる人々に示す。僕が成し遂げた功績を示すことで、人々はさらに沸《わ》いた。

拍手喝采《はくしゅかっさい》。

人々は皆《みな》、笑っていた。

感謝していた。

この中には大切な人を失った人もいるだろう。でもこうして、僕の功績を褒《ほ》め称《たた》えてくれている。それは純粋に、前に進むということを受け入れたからなのかもしれない。

また、あらかじめこうすることは伝えられていたが、こうも人々に感謝されるとどこか気恥《きは》ずかしい気持ちがあった。

そしてよく見ると、シェリー、ソフィア、先輩にSランク対魔師の人たちも微笑《ほほえ》みながら拍手《はくしゅ》を僕に贈ってくれている。

僕はその場で一礼をする。

そして後ろからはリアーヌ王女が改めて僕に言葉を贈ってくれる。

「ユリア・カーティスさん」

「はい」

「あなたがいなければ、この光景はあり得なかったでしょう。ただ魔物《まもの》に蹂躙《じゅうりん》されて、この都市は墜ちていました」

「はい」

「だから本当に感謝しています。Sランク対魔師となってすぐ、この功績。本当に素晴《すば》らしいものです。これからも人々のために、戦って頂ければと思います」

「はい。まだ未熟な身の上ですが、誠心誠意、Ｓランク対魔師の一人として今後も戦っていきたいと思います」

そうだ。

僕らの戦いはまだ続く。

青空をこの手に取《と》り戻《もど》すまで、対魔師たちは戦う必要がある。

だからこそ、この人類を守る覚悟《かくご》を改めて背負って僕は進んでいこう。

いつか自分が、この黄昏《たそがれ》を切《き》り裂《さ》く光になれるように――。

あとがき

この度は、星の数ほどある作品の中から本作『追放された落ちこぼれ、辺境で生き抜いてSランク対魔師に成り上がる』を購入していただき、さらには最後までお読みいただき本当にありがとうございます。

本作はもともと「HJネット小説大賞2019」に応募していて、受賞とはならなかったのですがホビージャパン様から書籍化していただくことになりました。先月発売された『史上最高の天才錬金術師はそろそろ引退したい』は受賞作品なのですが、まさか今まで書籍化に全く縁のなかった私がいきなり二つの作品を書籍化してもらえると知った時は、本当に驚きました。これは夢なのではないか、と思うほどでした（笑。

本作は実は友人に発破をかけてもらったからこそ、生まれた作品でもあります。その友人に、創作活動についてもう本気でやらないの？　と言われて私なりに諦めていた部分があったのですが、もう一度頑張ってみようと思い色々と設定を考えて投稿し始めました。

それがまさか、書籍化まで繋がるとは人生とは分からないものですね。

また、本作がホビージャパン様から書籍化させていただく二作品目になるのですが、色々と大変でした……。

二作品も書籍化！　やったー！　と喜んでいた自分が、その先の未来で大変な思いをするのは全く予想していませんでした……。当たり前の話なのですが、二作品あるということは作業量が二倍になるということです。今まで書籍化の作業とは縁のなかった私は、全くその大変さを知らずに能天気なままでした（笑。

しかし！　何とかそれも終えることができてホッとしています。ただ締め切りが終われば、また新しい締め切りがやってくるので一概には喜ぶことはできませんが……。

さて、本作の内容を振り返りますがいかがでしたでしょうか？

少しでも面白いと思っていただけたのなら、作者としてこれ以上嬉しいことはありません。もともと、人類が何か大きな敵に対して戦うという作品をずっと書きたいと思ってきたのですが、いい機会に恵まれ【黄昏】という謎の現象に対して立ち向かうという設定を生み出すことができました。

主人公たちの戦いはまだまだ始まったばかりです。

一つの大きな騒動が終わりましたが、まだ世界は黄昏に支配されたまま。果たして彼、彼女たちは今後どのようにその黄昏に立ち向かっていくのか。世界に青空を取り戻すことができるのか。などなど、この先の展開もご期待いただければ幸いです。

最後に謝辞になります。

岩本ゼロゴ先生、本当に素晴らしいイラストをたくさんありがとうございました！　上がってくるイラストを見るたびに私は一人で喜んでいました。可愛いヒロイン達に、カッコいい主人公など、最高のイラストをありがとうございました！

担当編集さんには『史上最高の天才錬金術師はそろそろ引退したい』だけでなく、こちらの作品でも大変お世話になりました。二作品も担当していただき、感謝しかありません。

校正様、営業様、装丁様の協力などもあり本作を出版することができました。友人や家族にも大変お世話になりました。本当に数多くの方のご協力があったからこそ、出版することができました。重ねて、感謝申し上げます。

また本作、実は……【コミカライズ企画】も進行しております！　是非、コミカライズの方もお楽しみにしていただければと思います！

さらに二巻も鋭意製作中ですので、次巻もご期待ください！

それでは皆さま、また二巻でお会いしましょう。

二〇二〇年　八月　御子柴奈々

HJ文庫　http://www.hobbyjapan.co.jp/hjbunko/
899

追放された落ちこぼれ、辺境で生き抜いてSランク対魔師に成り上がる1

2020年9月1日　初版発行

著者――御子柴奈々

発行者―松下大介
発行所―株式会社ホビージャパン

〒151-0053
東京都渋谷区代々木2-15-8
電話　03(5304)7604（編集）
　　　03(5304)9112（営業）

印刷所――大日本印刷株式会社

装丁――BELL'S／株式会社エストール

Printed in Japan

ISBN978-4-7986-2292-7　C0193

コミカライズ企画も進行中の
「小説家になろう」発、
学園無双ファンタジー！
第①巻好評発売中！
第②巻は今冬発売予定！

追放された落ちこぼれ、
辺境で生き抜いて
Sランク対魔師に成り上がる
御子柴奈々
イラスト：岩本ゼロゴ
HJ文庫

史上最高の
天才錬金術師は
そろそろ引退したい
第①巻
好評発売中!!
御子柴奈々
イラスト：ネコメガネ

Hobby Japan Novels
「HJネット小説大賞」受賞作！
御子柴奈々が贈る
「小説家になろう」発、
錬金×農業ファンタジー!!